NAME: Justus Jonas
FUNKTION: Erster Detektiv
FRAGEZEICHENFARBE: weiß
BESONDERE MERKMALE: das Superhirn der drei ???; Meister der Analyse und Wortakrobatik; erstaunlich schneller Schwimmer; zu Hause auf dem Schrottplatz von Tante Mathilda und Onkel Titus; zupft beim Nachdenken an seiner Unterlippe
IST FAN VON: Tante Mathildas Kirschkuchen und Denksport aller Art

NAME: Peter Shaw
FUNKTION: Zweiter Detektiv
FRAGEZEICHENFARBE: blau
BESONDERE MERKMALE: für körperliche Herausforderungen immer zu haben, dafür kein Ass in der Schule; großer Tierfreund; Spezialist für Schlösser aller Art, die seinem Dietrichset einfach nicht standhalten können; neigt zu Vorsicht und Aberglauben
IST FAN VON: schnellen Autos (insbesondere seinem MG), der südkalifornischen Sonne, so ziemlich jeder Sportart

Die drei ???®

Die drei ???®

und der 5. Advent

Ein Fall in 24 Kapiteln
erzählt von André Minninger

Kosmos

Umschlagillustration von Silvia Christoph, Berlin
Umschlaggestaltung von eStudio Calamar, Girona, auf der Grundlage der Gestaltung von Aiga Rasch (9. Juli 1941 – 24. Dezember 2009)

FSC www.fsc.org
MIX
Papier aus verantwortungsvollen Quellen
FSC® C084279

Gedruckt auf chlorfrei gebleichtem Papier

Based on characters by Robert Arthur.

ISBN 978-3-440-13469-6
Redaktion: Anja Herre
Produktion: DOPPELPUNKT, Stuttgart
Printed in Slovakia / Imprimé en Slovaquie

Am **1. Dezember** war Justus Jonas alles andere als weihnachtlich zumute. Das lag hauptsächlich an den spätsommerlichen Temperaturen, die seit einigen Tagen in Rocky Beach herrschten. Selbst für südkalifornische Verhältnisse war es für diese Jahreszeit ungewöhnlich warm. Hatte das etwas mit der Klimakatastrophe zu tun, die in aller Munde war? Dieser Gedanke ging Justus durch den Kopf, als er in Hollywood in den Canyon Lake Drive einbog, um für seine Tante Mathilda einen Botengang zu machen.

Zwei Minuten später hatte er sein Ziel erreicht und drückte auf den Klingelknopf von Lydia Candles Bungalow. Einige Sekunden geschah gar nichts; hinter der Tür blieb alles ruhig. Justus sah sich auf dem Grundstück um. Aus dem gepflegten Vorgarten bot sich ein fantastischer Blick auf den berühmten Hollywood-Schriftzug, dessen Buchstaben im gleißenden Licht der Mittagssonne leuchteten.

In diesem Moment rumorte es im Schlüsselloch und die Haustür wurde geöffnet. Justus fuhr herum und blickte in das freundliche, von Falten durchzogene Gesicht von Tante Mathildas langjähriger Freundin.

»Justus! Das ist ja eine Überraschung!«

»Hallo, Mrs Candle!« Der Erste Detektiv deutete auf die goldene Stofftasche, die er bei sich trug. »Tante Mathilda schickt mich. Ich soll Ihnen eine kleine Festtagsgabe überreichen.« Mrs Candle blickte theatralisch gen Himmel und legte eine Hand auf ihr Herz. »Oh, wie aufmerksam! Wenn jemandem in der vorweihnachtlichen Zeit das Wort ›Nächstenliebe‹ noch ein Begriff ist, dann der Familie Jonas. Komm doch rein, Junge!«

Justus folgte der alten Dame ins Wohnzimmer. Sie deutete auf einen gemütlichen Sessel und bat den Jungen, Platz zu nehmen. Bevor Justus sich setzte, blickte er sich überrascht um. »Meine Güte, Mrs Candle! Wohnt hier der Weihnachtsmann?«
Das Wohnzimmer war über und über festlich geschmückt. Unzählige Girlanden aus Tannenzweigen, Kränze, Engel, Sterne, selbst gestrickte Santa-Claus-Socken und blinkende Lichterketten kündeten vom nahenden Weihnachtsfest. Aus einem CD-Player ertönten die leisen Klänge von »Jingle Bells«. Justus' Augen begannen zu leuchten.
»Ich muss schon sagen, Mrs Candle, Sie verstehen es wahrlich, einen in Weihnachtsstimmung zu versetzen!« Er ließ sich in den Sessel plumpsen und blickte fasziniert zum Kamin, in dem trotz der sommerlichen Außentemperaturen ein Feuer brannte. Über dem Kaminsims hing ein gerahmter Zeitungsbericht, der die alte Dame in ihrem Garten zeigte.
»Tante Mathilda hat mir erzählt, dass Sie kürzlich einen Preis für Ihren Garten bekommen haben! Sogar im Fernsehen wurde darüber berichtet! Glückwunsch, Mrs Candle!«
»Und als ersten Preis bekomme ich im Januar Besuch vom renommiertesten Landschaftsarchitekten Hollywoods! Der wird meinem Garten einen ganz neuen Look verpassen!«, antwortete sie stolz, griff nach einer Keksdose und hielt sie Justus unter die Nase. »Dann lang mal zu und lass es dir schmecken. Die habe ich heute Morgen selbst gebacken.«
Justus griff nach einem Plätzchen und ließ es genussvoll auf der Zunge zergehen. »Mmhhh … köstlich! Das habe ich ja noch nie gegessen. Was ist denn das?«

»Zimtsterne. Nach original deutschem Rezept!« Mrs Candle lächelte und nahm in ihrem Ohrensessel Platz. Dann griff sie nach der Tasche, die Justus auf dem Tisch abgestellt hatte, und zog daraus ein Geschenk mit üppiger Schleife hervor. »Ach, wie lieb!«, flötete sie gerührt und begann neugierig, das Päckchen mit ihren knochigen Fingern abzutasten, um den Inhalt zu erraten. Doch dann rief sie sich zur Vernunft und schob das Geschenk von sich: »Oh nein, Lydia! Übe dich in Geduld! Noch ist nicht Weihnachten!«
Justus konnte sich ein Grinsen nicht verkneifen. Er kannte Mrs Candle seit seinen frühen Kindertagen und hatte schon immer bewundert, wie sehr die alte Dame im Herzen ein kleines Mädchen geblieben war. Inzwischen war sie steinalt, aber daran schien sich nichts geändert zu haben.
»Ich liebe die Festtage über alles! Wenn es nach mir ginge, könnte jeden Monat Dezember sein!« Dabei griff auch sie nach einem Keks und ließ ihn schnell in ihrem Mund verschwinden. »Ich hoffe doch, du hast ein bisschen Zeit mitgebracht, Junge.«
Justus wollte nicht unhöflich sein. Er wusste zwar, dass Mrs Candle kaum noch Freunde und Verwandte hatte und nur selten Besuch bekam – aber zu Hause wartete noch eine Menge Arbeit auf ihn. Er hatte versprochen, seinem Onkel dabei zu helfen, eine Fuhre Antiquitäten abzuladen.
»Nun ja …, wenn ich ehrlich bin …« Er warf einen kurzen Blick auf seine Armbanduhr und machte ein verlegenes Gesicht. »Onkel Titus wartet im Gebrauchtwarencenter schon auf mich und er kann sehr ungehalten werden, wenn –«
»– wenn sein einziger Neffe nicht zum vereinbarten Zeit-

punkt erscheint«, brachte Mrs Candle den Satz zu Ende. »Ich kenne Titus ja! Aber es war ganz reizend, dass du mir diese Überraschung vorbeigebracht hast!« Dabei deutete sie mit einem verschmitzten Lächeln auf das Geschenk und erhob sich aus ihrem Sessel. »Aber bevor du gehst, lass uns doch noch schnell gemeinsam nachsehen, was sich heute in meinem Adventskalender befindet!«, sagte sie schnell. »Ich habe mir mein Päckchen noch aufgespart.«

»Ach, Sie besitzen einen Adventskalender?«, fragte Justus interessiert. »Darüber habe ich einmal etwas gelesen. Dieser vorweihnachtliche Brauch soll sich ja auch bei uns in Amerika immer mehr verbreiten. Stammt diese Tradition nicht ursprünglich aus Deutschland?«

Mrs Candle lächelte anerkennend. »Ja, das ist richtig. Du weißt wirklich eine Menge, mein Junge. Meine Großeltern waren Deutsche. Jedes Jahr am ersten Dezember bekam ich von ihnen vierundzwanzig kleine Päckchen, die von eins bis vierundzwanzig nummeriert waren. An jedem Morgen durfte ich dann eines der Geschenke öffnen. Als Kind habe ich es geliebt, mir so das Warten auf Weihnachten mit einer täglichen Überraschung zu verkürzen. Heute ist es zwar nicht mehr so spannend – ich habe die Päckchen schließlich alle selbst gepackt –, aber freuen kann ich mich darüber immer noch!«

Mrs Candle trippelte zum Kamin. Über dem Sims waren an einer Schnur vierundzwanzig Stoffsäckchen befestigt.

»Komm her, Justus! Hilf mir, die Eins zu suchen!« Die alte Dame rückte ihre Brille zurecht und begann, umständlich die Säckchen zu prüfen.

Justus trat hinzu und deutete nach wenigen Sekunden mit

zielsicherem Blick auf das vorletzte Säckchen auf der rechten Seite. »Da haben wir es schon! Die Eins!«
»Richtig!« Freudestrahlend löste die Dame das kleine Bündel von der Schnur und machte sich mit zitternden Händen daran, es zu öffnen. »Nun bin ich aber wirklich gespannt!«
Es dauerte eine gefühlte Ewigkeit, bis Mrs Candle den Knoten gelöst und den Inhalt des Säckchens auf ihre Handfläche geschüttet hatte. Zum Vorschein kamen zwei Marzipankugeln, ein kleiner Bleistiftanspitzer in Form eines Schneemanns und ein winziges Kuvert, das kaum größer als eine Streichholzschachtel war.
»Oho … sicher ein Gruß vom Weihnachtsmann!«, mutmaßte die alte Dame und löste die Lasche des Umschlags. Dann zog sie ein Kärtchen hervor, klappte es auf und begann zu lesen. Sämtliche Farbe wich aus ihrem Gesicht. »Oh nein …«
Hilfe suchend stützte sie sich auf dem Kaminsims ab und schnappte aufgeregt nach Luft.
»Mrs Candle! Was haben Sie? Ist Ihnen nicht gut?« Justus ergriff die Hand der alten Dame und führte sie zu ihrem Sessel. Mit weit aufgerissenen Augen ließ sie sich nieder und reichte Justus wortlos das kleine Kärtchen. Er las:

Liebe Großmama,

oft geschehen Dinge im Leben, die man nicht vorhersehen kann. Ich weiß, dass du der einzige Mensch bist, dem ich je vertrauen konnte, und hoffe, dass das auch jetzt noch so ist und bleibt. Ich möchte dir nur mitteilen, dass ich immer noch existiere.

In tiefer Verbundenheit
dein Edward

Justus ließ das Kärtchen sinken und blickte Mrs Candle fragend an. »Was hat es mit diesen Zeilen auf sich? Warum versetzen sie Sie so in Aufregung?«

Mrs Candles Augenlider begannen nervös zu flattern. »Das … das muss ein böser, hinterhältiger und geschmackloser Scherz sein! Ich … ich kann mir das nicht erklären … Ich begreife das nicht!«

Justus blickte die alte Dame noch immer irritiert an. »Können Sie mir das etwas genauer erklären?«

»Ich … ich … nein … das ist doch unmöglich!« Fassungslos griff sich Mrs Candle an die Stirn. »Dieses Kärtchen … und die Handschrift …«

»Was hat es damit auf sich?«

Mrs Candles Atem kam stoßweise. »Edward ist mein einziger Enkel … Aber … aber er ist bereits seit fünf Jahren tot!«

»Wie jetzt – tot?«, fragte Peter und riss dabei das oberste Blatt des Kalenders ab, sodass der **2. Dezember** zum Vorschein kam.
»Nun, tot ist tot«, bemerkte Bob, der dem Bericht von Justus' Erlebnis ebenfalls gelauscht hatte, und biss dabei herzhaft in ein Stück Christstollen, den Tante Mathilda den drei Jungen vor wenigen Minuten in die Zentrale gebracht hatte. »Deutsches Rezept!«, hatte sie stolz betont, während Justus etwas von »pangermanischen Weihnachtsbräuchen« murmelte.
Die Jungen saßen in einem ausrangierten Campinganhänger, der versteckt unter einem Haufen von Gerümpel auf dem Schrottplatz des Gebrauchtwarencenters T. Jonas stand. Von hier aus betrieben Justus, Peter und Bob als »Die drei ???« ein Detektivunternehmen, das schon unzählige gelöste Fälle auf seinem Erfolgskonto verbuchen konnte.
Justus berichtete mit vollem Mund seinen Kollegen, was sich während seines Besuchs bei Mrs Candle ereignet hatte.
»Nun, ihr Enkel Edward ist vor fünf Jahren unter recht mysteriösen Umständen ums Leben gekommen, hat mir Mrs Candle berichtet.«
Peter zog seine Stirn in Falten. »Dann können wir wohl davon ausgehen, dass da jemand ein ziemlich übles Spiel mit der alten Dame treibt. Schließlich haben wir es ja schon öfter erlebt, dass sich ein Toter angeblich aus dem Jenseits zurückmeldet, um eine Person langsam aber sicher in den Wahnsinn zu treiben!«
»Du sagst es, Peter«, bestätigte Justus. »Und die Geschichte, die Mrs Candle da gestern widerfahren ist, weist verblüffende Parallelen zu einem unserer früheren Fälle auf.«

Bob überkam ein Frösteln. »Erinnere mich bitte nicht daran, Erster. Wenn ich an die Vorfälle mit Mrs Holligan im Fall ›Stimmen aus dem Nichts‹ zurückdenke, überkommt mich jetzt noch eine Gänsehaut!«
»Geht mir genauso!«, bestätigte Peter seinem Freund. »Und das muss ich zur Weihnachtszeit nun wirklich nicht haben! ›Frieden auf Erden‹ lautet die Losung! Da steht mir nicht der Sinn nach Psychoterror und Schikane!«
Justus blickte Peter entgeistert an. »Äußerst lobenswert, dass dir die Festtage heilig sind, Zweiter. Doch wenn Mrs Candle bis zum ersten Weihnachtstag in die Psychiatrie eingewiesen werden sollte, nur weil es einem gewissen Peter Shaw wichtiger erschien, mit seiner Freundin Kelly über den Weihnachtsmarkt zu schlendern, statt Mrs Candles Peiniger das Handwerk zu legen, wird Santa Claus dich ganz gewiss nicht mit Geschenken bedenken!«
»Ist ja schon gut, Justus!«, versuchte Peter seinen Freund zu beschwichtigen. »Es war ja nur eine Wunschvorstellung! Eine Träumerei zur schönsten Jahreszeit … Dafür musst du mir doch nicht gleich mit dem Schlimmsten drohen!«
»Dein Herz solltest du dennoch auch für andere Menschen öffnen, vor allem für die in Not Geratenen«, erwiderte Justus vorwurfsvoll.
Bob schaltete sich ein: »Nun mal langsam, Erster. Warum um alles in der Welt bist du denn so auf Krawall gebürstet? Peter wird doch wohl mal ein bisschen flapsig sein dürfen. Das ist doch noch lange kein Grund, gleich zu einem Rundumschlag auszuholen!«
»Also, Kollegen«, setzte Justus zur Erklärung an, nachdem er

den letzten Bissen heruntergeschluckt hatte. »Vielleicht habe ich eben etwas zu heftig reagiert, aber wenn ihr beiden gestern bei Mrs Candle dabei gewesen wärt, könntet ihr meine Erregung vielleicht etwas besser nachvollziehen.«

»Dann liefer uns doch mal ein paar Details, Erster.« Bob hatte inzwischen aus einer alten Holzkiste eine Lichterkette hervorgekramt und sie über das Bücherregal gehängt. Er sah seinen Freund fragend an. »Also, Just, wir hören!«

Der Erste Detektiv machte ein ernstes Gesicht und atmete tief durch. »Ihr wisst, Kollegen, dass ich in der Regel eher rational als emotional veranlagt bin. Aber der gestrige Nachmittag bei Mrs Candle hat mich doch stark erschüttert.«

»Und warum?«, fragte Peter.

»Nachdem die alte Dame die seltsame Botschaft ihres Enkelsohnes gelesen und mich über die Tatsache informiert hatte, dass Edward Candle bereits seit fünf Jahren nicht mehr unter uns weilt, ist sie weinend in ihrem Sessel zusammengesackt. Ich hatte Schwierigkeiten, sie wieder einigermaßen zu beruhigen. Ihr könnt euch gar keine Vorstellung davon machen, wie sehr dieser Fund in ihrem Adventskalender sie aufgewühlt hat. Sie hat Rotz und Wasser geheult.«

»Hat sie denn etwa im Ernst geglaubt, dass ihr Enkel Edward wieder aus dem Jenseits zurückgekehrt ist?«, wollte Bob wissen, während er auf allen vieren auf dem Boden umherkroch und eine freie Steckdose für die Lichterkette suchte. »Du hast sie doch wohl vom Gegenteil überzeugen können, oder?«

»Das war gar nicht nötig«, fuhr Justus mit seiner Erklärung fort. »Mrs Candle ist zwar uralt, aber sie verfügt über eine recht gesunde und schnelle Auffassungsgabe. Und trotz ihrer kindlichen Art ist sie ein absoluter Realist: Sie glaubt nicht im Geringsten daran, dass Tote wieder ins Diesseits zurückkehren können.«

»Das hat sie mir dann wohl voraus.«

»Ganz recht, Zweiter!«

»Aber weiter im Text, Just. Warum hat sie denn dann diesen Nervenzusammenbruch erlitten?«

»Weil bei ihr mit einem Mal wieder alte Erinnerungen lebendig geworden sind«, berichtete der Erste Detektiv weiter, während er sich daran machte, eine Orange zu schälen. »Soweit ich es Mrs Candles Worten entnehmen konnte, hat sie damals die Nachricht von Edwards Tod ziemlich aus der Bahn geworfen. Das ist ja auch nichts Ungewöhnliches und völlig verständlich. Aber die Umstände, die zu seinem Tod geführt haben, sind gestern bei Mrs Candle alle wieder hochgekommen. Da sind alte Wunden aufgerissen ...«

Peter begann trotz der behaglichen Temperatur, die im Wohnwagen herrschte, zu frösteln. »O je, da traut man sich ja gar nicht zu fragen, auf welche Weise ihr Enkel ums Leben gekommen ist.«

»Justus wird es uns aber sicher gleich sagen«, mutmaßte Bob und blickte den Ersten Detektiv fragend an. »Oder?«

Justus blickte ernst in die Runde. »Edward war noch ein Kind, als seine Eltern bei einem tragischen Autounfall ums Leben gekommen sind. Und deshalb ist er bei seiner Großmutter Mrs Candle aufgewachsen. Sie hat ihr Bestes gegeben, um es ihrem Enkel an nichts fehlen zu lassen, aber Edward ist irgendwann auf die schiefe Bahn geraten. Mit etwa zwan-

zig Jahren ist er in kriminelle Kreise gekommen, die schließlich für sein vorzeitiges Ableben gesorgt haben.«
»Hat man ihn … erschossen?«, fragte Peter vorsichtig.
Justus schüttelte wortlos den Kopf.
»Nun sag schon, Erster!«, drängte Bob ungeduldig.
»Um es galant auszudrücken, hat sich Edward in Nichts aufgelöst.«
»Aha, dachte ich es mir doch«, schlussfolgerte Bob. »Er hat seinen Tod vorgetäuscht und sich dann anschließend aus dem Staub gemacht. Edward lebt also noch und war deshalb auch in der Lage, fünf Jahre nach seinem angeblichen Ableben in Mrs Candles Haus zurückzukehren, um dort eine Nachricht im Adventskalender zu deponieren. Richtig kombiniert, Just?«
Die Lippen des Ersten Detektivs wurden zu einem schmalen Strich. Wieder schüttelte er den Kopf. »Edward war einigen Verbrechern enorme Summen Geld schuldig geblieben. Und diese Leute waren nicht zimperlich, Methoden anzuwenden, die die Rückzahlung beschleunigen sollten. Doch Edward dachte nicht daran, seine Schulden zu begleichen. Und daraufhin verschwand er für immer von der Bildfläche. Spurlos. ›Lupara bianca‹ heißt das bei der Mafia.«
»Wie?«, fragte Peter unbehaglich. »Was soll denn das heißen?«
»Edward wurde von den Leuten, denen er das erbeutete Geld aus einem gemeinsamen Coup nicht auszahlen wollte, einfach … Nein, das erzähle ich jetzt nicht. Ich sage nur so viel: Wäre diese Todesart in einem Film gezeigt worden, hättest du ihn dir erst mit achtzehn anschauen dürfen!«
Bobs Nackenhaare richteten sich auf. »Das ist ja eine äußerst

stimmungsvolle Weihnachtsgeschichte, die du da zum Besten gibst, Erster. Und deinem Gesicht entnehme ich, dass sie tatsächlich wahr ist …«

»So hat es mir Mrs Candle zumindest gestern berichtet«, erklärte Justus trocken. »Stimmt ihr mir nun zu, dass es unsere Pflicht ist, herauszufinden, wer ihr diese Botschaft in den Adventskalender gesteckt hat?«

Peter stand auf und verschränkte demonstrativ die Arme. »Ich kann ja verstehen, Justus, dass dich dieser Fall bei deiner Detektivehre gepackt hat, zumal es sich hier um die Freundin deiner Tante handelt. Aber wenn Verbrecher an der Sache beteiligt sind, die nicht davor zurückschrecken, einen Menschen auf anscheinend grausame Weise zu töten, dann ist das nicht so ganz meine Kragenweite! Ich bin ja gerne dazu bereit, mit euch nach entlaufenen Katzen zu suchen, Schätze aufzuspüren und mysteriöse Rätsel zu lösen. Aber mit Mord will ich lieber nichts zu schaffen haben!«

»Nun mal langsam«, versuchte Justus seinen aufgebrachten Freund zu beruhigen. »Ich bin ja vollkommen deiner Meinung: Grundsätzlich sollten wir das der Polizei überlassen. Mir geht es in erster Linie darum, Mrs Candles Seelenfrieden wiederherzustellen. Und ich glaube auch nicht eine Sekunde daran, dass der Mörder ihres Neffen die ominöse Botschaft in dem Kalender deponiert hat. Warum sollte er denn so töricht sein, nach all den Jahren die Aufmerksamkeit wieder auf sich zu lenken? Das ergibt doch gar keinen Sinn!«

»Mit dieser Überlegung könntest du recht haben, Erster.« Bob drehte an dem kleinen Rädchen der Lichterkette he-

rum, sodass die Lämpchen abwechselnd zu blinken begannen. »Was glaubst denn du, wer oder was dahintersteckt?«
»Diese Frage kann ich dir frühestens beantworten, nachdem wir Mrs Candle einer ausführlichen Befragung unterzogen haben. Und eines gebe ich euch schriftlich, Kollegen: Sollte sich wider Erwarten ergeben, dass die Mörder ihres Neffen tatsächlich etwas mit den aktuellen Vorgängen zu tun haben könnten, geben wir den Fall an Inspektor Cotta ab.«
Bob erhob sich und reichte Justus die Hand. »Wenn das ein Versprechen ist, Erster, schlag ein!«
Justus folgte der Aufforderung. »Schön«, erwiderte Bob. »Dann bin ich dabei. Was ist mit dir, Peter?«
»Ihr habt mich ja quasi schon überstimmt.« Der Zweite Detektiv machte ein skeptisches Gesicht. »Aber wenn dein Versprechen eine Brücke sein sollte, die beim Überqueren einstürzt, hast du ein Problem – damit das klar ist!«
Bob brach sich eine kleine Ecke vom Christstollen ab und ließ sie rasch im Mund verschwinden. »Also los, Erster. Greif schon zum Telefonhörer und teil der alten Dame mit, dass wir den Fall übernehmen.«
»Das können wir ihr leider erst morgen berichten.«
Peter stutzte. »Wieso erst morgen?«
»Weil Tante Mathilda mir vorhin erzählt hat, dass ihre Freundin heute Morgen nach einem Kreislaufkollaps ins Krankenhaus eingewiesen wurde. Nach Santa Monica übrigens – sie kennt da einen Spezialisten. Der soll nun ihr schwaches Herz untersuchen, das durch die heftige Aufregung gestern anscheinend doch schwer angegriffen ist. Sie darf frühestens morgen Mittag Besuch empfangen.«

Justus beobachtete das farbenfrohe Blinken der Lichterkette, doch trotz der festlichen Dekoration kam keine Weihnachtsstimmung bei ihm auf. Obwohl er seinen beiden Detektivkollegen ein Versprechen gegeben hatte, spürte er, dass großes Unheil in der Luft lag.

Im Eingangsbereich des Saint John's Health Center war neben dem Empfangstresen ein festlich geschmückter Tannenbaum aufgestellt. Das war aber auch schon alles, was in der sterilen Halle an diesem **3. Dezember** darauf hindeutete, dass Weihnachten nicht mehr lange auf sich warten lassen würde.

Als sich die drei ??? der Anmeldung des Krankenhauses näherten, sahen sie einen Mann mittleren Alters, der sich drohend vor der jungen Frau aufgebaut hatte, die hinter dem Tresen saß. Er redete aufgebracht auf sie ein, während sie konzentriert auf einen Monitor blickte und dabei mit der Computermaus hantierte.

»Aber Sie müssen es doch wissen!«, ranzte der Mann und knallte dabei die Faust so heftig auf den Tresen, dass die Frau erbost aufsah. «War heute schon jemand anders hier, der Mrs Candle besucht hat?«

Die Empfangsdame ließ sich vom Auftreten des Mannes jedoch nicht einschüchtern und setzte ein unverbindliches Lächeln auf. »Wie Sie sehen, bin ich hier noch mit anderen Dingen beschäftigt, als darauf zu achten, ob – und wenn ja, von wem – hier Patienten wann auch immer besucht werden.«

»A… s… w… s… d… n… d… er… können.« Der Mann sprach nun so leise, dass die drei ??? kaum noch etwas verstehen konnten.

Die Jungen traten deshalb noch einen Schritt näher an den Tresen heran, blieben dann unauffällig vor einem Kaffeeautomaten stehen, taten so, als wären sie an einem der Heißgetränke interessiert, und spitzten neugierig die Ohren.

»Sie müssen wissen: Mein Bruder hat sich gestern mit unserer Tante einen heftigen Streit geliefert. Er hat sich nur sehr schwer unter Kontrolle! Wahrscheinlich war das auch der Grund dafür, weshalb sie hier ins Hospital eingeliefert worden ist. Sie können daher sicher verstehen, dass es ihrer Gesundheit nicht guttäte, wenn er hier auftauchen würde, um sie weiter zu belästigen!«

»Da kann ich Sie beruhigen«, entgegnete die Frau, nun um einen freundlichen Tonfall bemüht. »Der Doktor hat angeordnet, dass Mrs Candle heute *niemanden* empfangen darf. Sie hat ein starkes Beruhigungsmittel bekommen und muss nun erst mal schlafen. Wer auch immer zu ihr will, muss sich daher bis morgen gedulden. Das gilt für Sie, Ihren Bruder und selbstverständlich auch für alle anderen Besucher.«

Der Mann tippte mit den Fingern an die Krempe seines eleganten Hutes. »Habe verstanden. Dann komme ich morgen Nachmittag noch einmal vorbei.« Er machte auf dem Absatz kehrt und verließ eilig die Empfangshalle.

Justus wartete, bis der Fremde die Drehtür passiert hatte, dann machte er Bob und Peter ein Zeichen mitzukommen und trat an den Tresen heran.

»Kann ich den drei Herren helfen?« Die Frau schob ihre Brille zurecht und blickte bewundernd auf den bunten Blumenstrauß, den Peter in seiner Hand hielt.

»Eigentlich hat sich das schon erledigt«, setzte Justus zu einer Erklärung an. »Denn wie wir bereits vernommen haben, darf Mrs Candle ja heute keinen Besuch empfangen. Obwohl …«

»Obwohl – was?«, hakte die Frau mit einem Lächeln nach.

Justus deutete vielsagend auf den Blumenstrauß. »Wir drei

haben eine halbe Tagestour hinter uns gebracht, nur um unserer guten alten Freundin unsere Aufwartung machen zu können. Meinen Sie nicht, es wäre ihrem angeschlagenen Zustand zuträglich, wenn wir ihr nur für ein paar Minuten etwas von unserer positiven Energie zukommen ließen?«

»Und wenn du mich noch so charmant anlächelst!« Die Frau zwinkerte Justus freundlich zu, schüttelte aber den Kopf. »Nichts zu machen. Anordnung ist Anordnung. Da kann ich auch bei euch leider keine Ausnahme machen. Der Mann, der eben vor euch hier war, hat auch schon versucht, mich weichzuklopfen.«

Justus spürte, dass es keinen Zweck hatte, die Frau hinter dem Tresen weiter zu bearbeiten. Von ihr würde er auch nicht erfahren, ob der Unbekannte eventuell seinen Namen genannt hatte. Die drei ??? verabschiedeten sich von ihr und verließen enttäuscht das Gebäude.

Draußen ließ Peter enttäuscht den Blumenstrauß sinken. »Tja, das war wohl ein glatter Reinfall. Die zehn Dollar für das Grünzeug hätten wir uns auch sparen können. Bis morgen lassen die Blumen bestimmt ihre Köpfe hängen.«

»Pessimismus ist hier fehl am Platze, Zweiter«, bemerkte Justus belehrend. «Jetzt haben wir Gewissheit, dass hier etwas ganz und gar nicht stimmt! Obwohl ich eingestehen muss: Ich hätte vorhin schneller reagieren können. Denn eines steht fest: Der Mann am Empfang hat gelogen! Und das wiederum wirft die Frage auf, was er an Mrs Candles Krankenbett zu suchen hatte …«

Bob horchte interessiert auf. »Mit dieser Aussage bist du uns nun zwei Antworten schuldig: Inwiefern hat dieser Besucher gelogen und worauf hättest du schneller reagieren sollen?«

»Unsere Klientin hat mir erzählt, dass sie seit Edwards ominösem Verschwinden keinen einzigen lebenden Verwandten mehr hat. Und daher wird es sich bei dem Mann wohl kaum um Mrs Candles Neffen handeln! Wenn ich nur ein paar Sekunden schneller geschaltet hätte, wären wir ihm heimlich gefolgt, um dadurch womöglich seine wahre Identität herauszufinden.« Frustriert schlug sich Justus an die Stirn.

»Das ist gewiss ärgerlich«, entgegnete Bob. »Aber er wird doch morgen sicherlich noch einmal hier auftauchen. Damit lässt sich dein Plan doch noch in die Tat umsetzen.«

»Vermutlich hast du recht ...« Justus zupfte nachdenklich an seiner Unterlippe. »Irgendwie lässt mich jedoch das merkwürdige Gefühl nicht los, dass dieser hartnäckige Besucher sehr unter Druck stand. Und das wiederum legt den Schluss nahe, dass er wohl kaum die Ruhe aufbringen wird, sich bis morgen zu gedulden, um seine angebliche Tante zu sprechen. Was immer er auch von ihr will!«

»Eines lässt du dabei aber völlig außer Acht, Erster.« Peter konnte sich ein Grinsen nicht verkneifen.

»Und das wäre?«

»Ich kenne niemanden, der die Kunst der Überredung besser beherrscht als du! Und wenn selbst *dein* Charme es nicht fertiggebracht hat, dass man uns zu Mrs Candle vorlässt, so wird es auch niemand anderem gelingen, sich über die strengen Krankenhausregeln hinwegzusetzen!«

»Das sehe ich genauso«, pflichtete Bob ihm schmunzelnd bei. »Und deshalb werden wir morgen eine Viertelstunde vor der offiziellen Besuchszeit wieder auf der Matte stehen und die Ersten sein, die sich am Bett unserer Klientin einfinden. Und wenn dann auch der Fremde auftaucht, wovon wir wohl ausgehen können, schlagen wir zwei Fliegen mit einer Klappe!«

Am **4. Dezember** bot sich dem Ersten Detektiv und seinen beiden Kollegen endlich die Möglichkeit, Mrs Candle am Krankenbett zu befragen. Besonders Justus brannte eine Frage auf den Nägeln.

Pünktlich – eine Viertelstunde vor der offiziellen Besuchszeit – waren sie im Saint John's Health Center eingetroffen und gleich zu Mrs Candle, die in einem Einzelzimmer untergebracht war, vorgelassen worden.

»Wie geht es Ihnen?«, erkundigte sich Peter, nachdem Bob und er sich vorgestellt hatten, und füllte dabei am Waschbecken eine Vase mit Wasser, in die er den am Vortag gekauften Blumenstrauß steckte.

Mrs Candle war von der noch immer frischen Blütenpracht sichtlich angetan und lächelte dankbar. »Ihr braucht euch keine Sorgen zu machen, Jungs. Mein Arzt hat mir in Aussicht gestellt, dass ich bereits morgen das Krankenhaus wieder verlassen kann. Länger würde ich es hier auch bestimmt nicht mehr aushalten.«

Bob setzte sich auf einen Stuhl und vergrub seine Daumen in den Hosentaschen. »Justus hat uns ja bereits von dem unheimlichen Vorfall berichtet, der sich am 1. Dezember in Ihrem Haus ereignet hat. Die Nachricht im Adventskalender hat Sie schier umgeworfen, richtig?«

Mrs Candle nickte zustimmend. »Oh ja! Als Justus gegangen war, dachte ich nämlich, ich hätte das Schlimmste bereits überstanden. Doch dann hat mich die Neugier gepackt und ich wollte wissen, ob sich in den anderen Säckchen des Kalenders vielleicht noch weitere Botschaften befinden …«

»Und?« Justus schnappte nach Luft. Das, was Mrs Candle

da gerade erzählte, war genau das, was er sich in der Nacht immer wieder selbst gefragt hatte.

»Im zweiten Säckchen befanden sich nur die drei Walnüsse, die ich selbst hineingesteckt hatte«, fuhr die alte Dame in ruhigem Tonfall fort. »Aber als ich das dritte Säckchen öffnete, hat mich fast der Schlag getroffen!«

Justus verspürte ein starkes Kribbeln im Nacken. »Was war denn drin?«

»Ich habe ihn sofort erkannt! Denn schließlich hatte ich ihn –«

In diesem Moment öffnete sich die Tür. Die drei ??? fuhren herum und blickten in das Gesicht des Mannes, den sie gestern schon einmal gesehen hatten. Es war der Fremde vom Empfangstresen! Justus' Herzschlag beschleunigte sich.

»Oh … äh … Ich … ich komme wohl etwas ungelegen …«, stammelte der Mann verunsichert und fasste sich dabei verstört an die Krempe seines Hutes.

Bob schaltete als Erster und sprang schnell von seinem Platz auf. »Oh nein! Ganz im Gegenteil!« Er baute sich vor dem Fremden auf und wies dabei auf Mrs Candle. »Wo Sie doch gestern so erpicht darauf waren, Ihre Tante zu sehen, lassen wir Ihnen gerne den Vortritt!«

»Moment mal …«, schaltete sich die alte Dame in das Gespräch ein und richtete sich dabei von ihrem Bett auf. »Wovon sprecht ihr denn da?«, fragte sie mit ungläubiger Miene. »Ich habe diesen Mann …«

»Bleiben Sie ganz ruhig, Mrs Candle!« Peter trat an das Krankenbett heran und legte ihrer Klientin ganz sanft die Hand auf die Schulter. »Der Herr wird uns sicher gleich den

Grund seines Besuches erklären.« Dabei blickte er dem Fremden fest in die Augen. »Nicht wahr?«
Der Mann hielt dem Blick nicht stand und blinzelte nervös mit den Augen. »Mrs … Mrs Candle?«, fragte er stammelnd. »Oh – wie peinlich! Da liegt ein Missverständnis vor! Ich wollte meine Tante Mrs *Fendle* besuchen! Da habe ich mich anscheinend in der Tür geirrt!«
Bevor auch nur einer der anderen Anwesenden reagieren konnte, drehte er sich um und eilte aus dem Krankenzimmer, ohne sich zu verabschieden. »Los, Zweiter!«, zischte Justus in Peters Richtung. »Hefte dich an seine Fersen!«
»Verstanden, Erster!«
Innerhalb von Sekunden war Peter aus dem Raum geflitzt und nahm die Verfolgung des Fremden auf. Zurückblieben Justus, Bob und Mrs Candle, die die zwei Detektive entgeistert ansah.
»Wer war dieser Mann?«
Justus legte die Stirn in Falten. »Diese Frage klärt schon, dass es sich in diesem Fall mit an Sicherheit grenzender Wahrscheinlichkeit um eine Person handelt, die im Zusammenhang mit der seltsamen Botschaft Ihres verstorbenen Enkelsohnes steht.«
»Aha, verstehe«, reagierte Mrs Candle trocken. Dann griff sie nach dem Wasserkrug, goss ihr Glas randvoll und leerte es in einem Zug. »Und inwiefern hat dieser Mann etwas damit zu tun?«
Justus warf seinem Freund einen tadelnden Blick zu. »Wenn Bob den Fremden vorhin nicht so impulsiv hätte wissen lassen, dass wir über seine dreiste Lüge im Bilde sind, wüssten

wir über seine wahren Absichten gewiss schon mehr. Gestern hat sich nämlich dieser Mann am Empfangstresen als Ihr Neffe ausgegeben.«
»Mein Neffe?« Mrs Candle verstand die Welt nicht mehr. »Aber ich habe doch ...«
»Das wissen wir ja«, fiel Justus der alten Dame ins Wort. »Und da Sie keine Verwandten mehr haben, muss hinter der Falschaussage dieses Mannes eine ganz bestimmte Absicht stecken. Er wollte Sie aufsuchen, um Ihnen entweder etwas Wichtiges mitzuteilen oder etwas Wichtiges von Ihnen zu erfahren.«
»Und ich habe es mit Bravour vermasselt.« Bob wäre vor Scham am liebsten im Erdboden versunken.
Doch der Erste Detektiv war in Gedanken schon wieder bei einem anderen Thema. »Sagen Sie, Mrs Candle, was war es denn nun eigentlich, was Sie in dem dritten Säckchen Ihres Adventskalenders vorgefunden haben und was Sie so in Angst versetzt hat?«
»Ich habe den Ring gefunden.«
Justus hob die Augenbrauen. »Was für einen Ring?«
»Ich hatte Edward zu seinem zwanzigsten Geburtstag einen Ring geschenkt. Einen Ring aus echtem Sterling-Silber. Den hatte er damals im Schaufenster eines Juweliers entdeckt und wollte ihn unbedingt haben. Und diesen Ring ...« Mrs Candle krallte ihre Hände in die Bettdecke. »Diesen Ring hat er immer getragen und mir dabei stets versichert, dass er ihn – dass er ihn bis zu seinem Tod niemals ablegen würde!«

Peter war dem Fremden aus dem Krankenhaus mit gehörigem Abstand bis zu einer Bushaltestelle am Wilshire Boulevard gefolgt. Dort setzte sich der Mann auf eine Bank und blickte unentwegt auf seine Armbanduhr. Offenbar wartete er ungeduldig auf das Eintreffen des nächsten Busses.
Peter drückte sich in einen Hauseingang und ließ den Fremden nicht aus den Augen. Die Minuten verstrichen quälend langsam, doch schließlich kam der Bus. Der Fremde erhob sich von der Bank und stieg ein. Peter rannte auf den Bus zu. In der Sekunde, als sich die Türen schlossen, sprang er hinein und ging unauffällig an dem Mann vorbei, der bereits Platz genommen hatte. Der Zweite Detektiv setzte sich zwei Reihen hinter ihn und hoffte, dass ihn der Fremde nicht erkannt hatte. Doch der erhob sich, trat auf Peter zu und setzte sich auf den freien Platz neben ihm.
»Na, junger Mann, so schnell sieht man sich wieder«, sagte er leise, ohne Peter anzusehen.
Der Zweite Detektiv war so verunsichert, dass er nicht wusste, wie er reagieren sollte. Aus seinem Mund drangen nur unzusammenhängende Worte. »Ich … wie … äh … eigentlich …«
Der Fremde rückte noch näher an Peter heran und raunte ihm mit unangenehm heißem Atem ins Ohr: »Ich glaube, wir sollten uns mal dringend unterhalten …«

Auf den Entlassungspapieren von Mrs Candle war der **5. Dezember** verzeichnet. Die drei ??? hatten die alte Dame aus dem Krankenhaus abgeholt und in Peters altem MG zu ihrem Haus im Canyon Lake Drive gefahren. Hier hatte Mrs Candle als Erstes einen heißen Tee zubereitet. Schon einige Minuten später saßen die vier im weihnachtlich geschmückten Wohnzimmer an einem runden Mahagoni-Tisch und griffen in die Dose mit den selbst gebackenen Keksen.
»Tja …«, setzte Justus mit vollem Mund zu einer seiner berühmt-berüchtigten Reden an. »Verblüffend, wie schnell sich manchmal Dinge klären, die einem noch kurz vorher als unlösbares Rätsel erschienen. Zumal ich niemals damit gerechnet hätte, dass wir Ihnen schon heute ein Ergebnis unserer Ermittlungen mitteilen können, das die vergangenen fünf Jahre in einem völlig neuen Licht erscheinen lässt.«
Mrs Candle war gerade im Begriff gewesen, in einen weiteren Keks zu beißen. Sie hielt mitten in der Bewegung inne und blickte Justus irritiert an. »Wie meinst du das?«
»Bevor wir Ihnen darauf eine Antwort geben, müssen wir uns vergewissern, dass Ihr Gesundheitszustand so weit wiederhergestellt ist, dass Sie eine Nachricht, die alles andere als leichte Kost ist, unbeschadet verdauen können. Eigentlich wollten wir es Ihnen erst morgen mitteilen, wenn wir endgültige Gewissheit haben. Doch dann sind wir zu dem Entschluss gekommen, dass Sie uns vielleicht noch einige Informationen liefern können, die für unser morgiges Unternehmen von Vorteil sein dürften.«
Die alte Dame setzte sich in ihrem Ohrensessel zurecht. »Mich kann jetzt nichts mehr aus der Bahn werfen, Jungs.

Außerdem haben mir die Ärzte im Krankenhaus Beruhigungsmittel verabreicht, die ihre Wirkung nicht verfehlen. An mir perlt jede weitere Hiobsbotschaft ab wie Wassertropfen von einer neuen Outdoor-Jacke. Also heraus damit!«

Die drei ??? schmunzelten über den Vergleich und tauschten kurze Blicke aus, wer von ihnen Mrs Candle über die neuesten Erkenntnisse informieren sollte. Justus deutete auf Peter.

»Also schön …« Der Zweite Detektiv nippte noch einmal kurz an seinem Tee, dann setzte er die Tasse ab, räusperte sich und blickte der alten Dame ernst ins Gesicht. »Der Mann, dem ich gestern aus dem Krankenhaus heimlich gefolgt bin, Sie erinnern sich, Madam, hat meine Beschattung ziemlich schnell spitzgekriegt. Und bereits in dem Bus, den er am Wilshire Boulevard bestiegen hatte, ist es dann zu einer ziemlich heftigen, aber sehr aufschlussreichen Auseinandersetzung gekommen. Der Mann hat sich plötzlich neben mich gesetzt und mich ziemlich barsch aufgefordert, ihm zu erklären, warum ich ihn verfolge.«

»Und?« Mrs Candle ahnte nicht im Geringsten, was Peter ihr so schonend wie möglich beizubringen versuchte. »Weiter!«

»Ich habe es geschafft, die Sachlage so hinzudrehen, dass der Mann zuerst *mir* einige Zusammenhänge darlegen musste, bevor er *mich* dazu nötigen konnte«, fuhr Peter fort. »Das war ganz einfach, nachdem ich ihm weisgemacht hatte, dass wir im Besitz von äußerst beweiskräftigen Kamera-Aufzeichnungen wären. Und dass er darauf eindeutig zu erkennen wäre, wie er in Ihrem Wohnzimmer, Mrs Candle, den Adventskalender manipuliert!«

»Kamera-Aufzeichnungen? Ich verstehe nicht ganz!«

»Das war natürlich ein Bluff«, erklärte Bob. »Und zwar ein ganz schön riskanter. Aber er zeigte, dass Peter mit seiner Vermutung voll ins Schwarze getroffen hatte. Denn der Mann –«

»Erzählst du jetzt weiter oder ich?« Der Zweite Detektiv machte ein entrüstetes Gesicht. »Ich hab doch schließlich in dem Bus gesessen!«

»Vollkommen klar, Peter«, griff Justus schlichtend ein. »Erzähl weiter!«

»Nachdem der Mann meine Geschichte geschluckt hatte, wendete sich das Blatt und er wurde plötzlich ganz klein mit Hut. Er wollte von mir wissen, ob wir schon die Polizei eingeschaltet und die Aufnahmen übergeben hätten. Ich habe Nein gesagt, aber gleich hinzugefügt, dass wir das auf alle Fälle bald tun müssten. Und daraufhin hat mir der Fremde einen ziemlich dreisten Deal angeboten.«

»Und der lautete?« Mrs Candle hing förmlich an Peters Lippen.

Der Zweite Detektiv nippte kurz an seinem Tee. »Wenn wir ihn gegenüber der Polizei heraushalten würden, würde er mir quasi als Gegenleistung reinen Wein einschenken.«

»Und diesem Angebot hast du zugestimmt?«

Peter nickte. »Was blieb mir schließlich anderes übrig, wenn wir nicht weiter im Dunkeln tappen wollten?«

»Weiter!«, forderte Mrs Candle Peter auf. »Was war der ›reine Wein‹?«

Der Zweite Detektiv wollte gerade zur Erklärung ansetzen, da ging Justus dazwischen. »Halt!«, rief er etwas zu schroff. Dann wandte er sich in ernstem Ton an die alte Dame. »Sind Sie sich wirklich sicher, dass Sie einer außerordentlich nervenaufreibenden Information gesundheitlich gewachsen sind?«
Mrs Candle überging diese Frage und wies mit ihrem Zeigefinger auf Peter. »Was hat dir der Mann gesagt?«
Dem Zweiten Detektiv wurde nun doch etwas mulmig zumute: Wenn Mrs Candle doch nicht das feste Nervenkostüm besaß, das sie zu tragen vorgab, wollte er nicht derjenige sein, der einen weiteren Zusammenbruch der alten Dame zu verantworten hatte. Deshalb gab er diese Last mit einem hilflosen Blick an Justus weiter.
»Also, Mrs Candle«, übernahm der Erste Detektiv die schwierige Aufgabe und versuchte, sich dabei so einfühlsam wie möglich auszudrücken. »Noch können wir natürlich nicht mit Gewissheit sagen, ob wir der Aussage des Mannes Glauben schenken können, aber er behauptet …« Er hielt kurz inne und räusperte sich. »Er behauptet, dass sich Ihr Enkelsohn Edward noch immer unter den Lebenden befindet.«
»So, so …« Die Beruhigungsmittel, die Mrs Candle vorhin erwähnt hatte, schienen tatsächlich zu wirken. Mit gefasstem Gesichtsausdruck blickte sie Justus in die Augen und stellte dem Ersten Detektiv nur eine einzige Frage. »Und … wo ist er jetzt?«
»Angeblich sitzt er – inklusive Untersuchungshaft – seit fünf Jahren im Sellamore-Gefängnis. Das befindet sich im Nordwesten von Los Angeles. Und der Mann, der Peter diese

Information zukommen ließ, ist ein Zellengenosse Ihres Enkels. Er heißt Jeremias Howard. Er hat sich während seines Freiganges aus dem Gefängnis offenbar heimlich Zutritt in Ihr Haus verschafft und im Auftrag von Edward verschiedene Gegenstände in die Säckchen Ihres Adventskalenders gesteckt.«

Mrs Candle blieb die Ruhe selbst. Dennoch war es unübersehbar, dass sich ihre Augen mit Tränen füllten. »Aber ... aber warum?«

Justus zollte der alten Dame gegenüber größten Respekt. Er war nie zuvor einem Menschen begegnet, der nach solch einer alles umwerfenden Mitteilung so die Fassung bewahrt hatte wie Mrs Candle. Und er hatte das Gefühl, dass ihre überraschende Gelassenheit nicht allein auf die Medikamente zurückzuführen war.

»Das alles können wir zum jetzigen Zeitpunkt noch nicht sagen, Madam«, erklärte er ihr ruhig. »Aber wir gehen davon aus, dass wir bereits morgen erfahren werden, ob die Aussage dieses Zellengenossen Jeremias Howard der Wahrheit entspricht oder nicht. Bis dahin möchten wir Sie dringend bitten, niemandem gegenüber ein Wort über diese Angelegenheit zu verlieren. Auch Tante Mathilda darf nichts davon erfahren. Einfach niemand. Natürlich wissen wir, dass wir Ihnen damit eine Menge abverlangen und auch Ihre Geduld auf eine harte Probe stellen. Aber wenn wir die Hintergründe dieser ominösen Geschichte für Sie in Erfahrung bringen sollen, dürfen wir uns keine Fehler erlauben. Deshalb ist es wirklich wichtig, dass wir an einem Strang ziehen. Wir versprechen Ihnen, dass wie Sie dann morgen sofort informieren.«

Mrs Candle erhob sich aus ihrem Sessel und rückte die Brille zurecht. »Wenn Edward tatsächlich noch leben sollte, muss ich ihn so schnell wie möglich wiedersehen! Aber noch glaube ich nicht daran – sosehr ich mir auch das Gegenteil wünschen würde. Sollte dieser Mann euch also eine Lüge aufgetischt haben, werde ich ihm für dieses geschmacklose Märchen eine so kräftige Ohrfeige verpassen, dass er sie sein Lebtag nie mehr vergessen wird!«

»Das wird sich dann sicher arrangieren lassen, Madam!« Trotz der ernsten Situation konnte sich Peter ein Grinsen nicht verkneifen.

Mrs Candle hingegen verzog keine Miene. »Was habt ihr denn morgen vor? Oder ist das ein Staatsgeheimnis?«

Bevor Justus antwortete, nahm er sich noch einen weiteren Keks aus der Dose und ließ ihn blitzschnell in seinem Mund verschwinden. »Wir brauchen noch mehr Informationen. Und die können wir nur von Jeremias Howard erhalten. Deshalb werden wir uns morgen früh vor dem Sellamore-Gefängnis postieren und ihn abfangen, wenn er seinen Freigang antritt.«

»Aber er wird doch als Häftling nicht jeden Tag frei in der Gegend herumspazieren dürfen«, fragte Mrs Candle verwundert und strich sich durch ihre grauen Haare.

»Na ja, fast«, entgegnete Peter. »Denn tagsüber geht er einer geregelten Arbeit nach. Gefangene, die keine Bedrohung für die Öffentlichkeit darstellen und bald entlassen werden sollen, bekommen manchmal diese Vergünstigung. Erstaunlich eigentlich nur, dass er diesen Einbruch riskiert hat. Denn wenn man ihn geschnappt hätte …«

»Am liebsten würde ich euch zum Gefängnis begleiten«, unterbrach ihn die alte Dame, während sie sich wieder in ihren Sessel setzte. »Aber vermutlich wäre ich euch bei dieser Aktion nur ein Klotz am Bein. Kann ich euch denn sonst in irgendeiner Weise unterstützen?«
»Nicht direkt«, entgegnete Justus, während er nachdenklich an seiner Unterlippe zupfte. »Doch es wäre ratsam, jetzt noch den Inhalt der übrigen Säckchen Ihres Adventskalenders zu inspizieren. Vielleicht finden wir darin noch weitere Hinweise, auf die wir Mr Howard dann gleich morgen ansprechen können.«
Mrs Candle hatte nicht die geringsten Einwände und so machten sich die drei ??? gemeinsam mit der alten Dame daran, den restlichen Inhalt der Säckchen in Augenschein zu nehmen. Zu ihrer Enttäuschung fanden sie darin jedoch nichts anderes vor als die Dinge, die Mrs Candle selbst eingepackt hatte.
Justus hätte noch viel von Mrs Candle wissen wollen. Doch um ihre Klientin an diesem Tag nicht noch mehr zu belasten, beschloss er, die Befragung auf später zu verschieben. Als sich die drei Detektive schließlich von der alten Dame verabschiedeten, wollte diese aber noch etwas Wichtiges von den Jungen wissen. »Stellt ihr heute Abend eigentlich eure Stiefel vor die Haustür?«
Justus, Peter und Bob tauschten untereinander fragende Blicke aus. »Äh … wozu das denn?«, erkundigte sich Bob irritiert.
Mrs Candle lächelte. »Wie Justus ja bereits weiß, kamen meine Großeltern aus Deutschland. Am 5. Dezember war

es für mich als Kind immer ganz wichtig, meinen Stiefel zu putzen und ihn abends vor die Tür zu stellen, damit der Nikolaus ihn mit Überraschungen füllen konnte. So macht man das in Deutschland.«

»Der Nikolaus?«, fragte Peter mit einem Achselzucken. »Nie gehört. Wer ist das?«

»Um die Person des heiligen Nikolaus ranken sich viele Legenden«, übernahm Justus die Erklärung. »Der 6. Dezember, der Nikolaustag, ist der Todestag des Bischofs Nikolaus von Myra, der im vierten Jahrhundert in Kleinasien wirkte und sich besonders für Kinder einsetzte. In manchen Teilen der Welt ist es daher Tradition, dass am Vorabend des 6. Dezember ein Stiefel vor die Tür gestellt wird, in der Hoffnung, dass er vom Nikolaus befüllt wird. Tja, und wie den Weihnachtsmann erkennen die Kinder auch den Nikolaus an seinem rot-weißen Gewand. Nur anhand der bischöflichen Symbole Mitra und Hirtenstab ist seine Kleidung von der des Weihnachtsmanns zu unterscheiden.«

»Aha«, sagte Peter und blickte Mrs Candle skeptisch an. »Und Sie glauben wirklich, dass sich der Nikolaus auch zu uns nach Rocky Beach verirrt, um unsere Stiefel zu füllen?«

»Der Glaube versetzt manchmal Berge«, entgegnete Mrs Candle geheimnisvoll und zwinkerte den drei ??? zu. »Einen Versuch ist es allemal wert …«

»Wahnsinn!«, staunte Peter am Morgen des **6. Dezember**, während er sich mit Justus und Bob dem Sellamore-Gefängnis näherte, um Jeremias Howard vor seinem Freigang abzufangen. »Da war mein geputzter Stiefel, den ich gestern Abend vor unsere Haustür gestellt hatte, heute Morgen doch tatsächlich mit Süßigkeiten, einer Orange und einem coolen T-Shirt – genau in meiner Größe! – gefüllt!«
»Bei mir ebenso!«, pflichtete Bob ihm begeistert bei. »Nur dass ich statt eines T-Shirts ein edles Notizbuch bekommen habe!«
Justus' Mundwinkel zeigten nach oben. »Und ich kann jetzt ein echtes Schweizer Taschenmesser mein Eigen nennen, Kollegen! Wobei noch zu klären wäre, wie es Mrs Candle bewerkstelligt hat, diese Geschenke pünktlich in unsere Stiefeln zu bugsieren.«
»Mrs Candle?«, entgegnete Peter mit gekünsteltem Erstaunen. »Just, der Nikolaus höchstpersönlich hat sich zu uns bemüht! Zumindest zur Weihnachtszeit solltest du mit deinem ausgeprägten Realitätssinn mal einen Gang herunterschalten!«
Der Erste Detektiv machte ein ernstes Gesicht. »Was die Nikolaus-Überraschungen betrifft, kann ich dir vielleicht beipflichten, Zweiter. Aber sobald Jeremias aus dem Gefängnis tritt, um –« In diesem Moment zuckte Justus zusammen und deutete unauffällig zum Eingangsportal des Gefängnisses hinüber. »Wir sind keine Minute zu früh gekommen, Kollegen! Da ist er!«
Mit schnellen Schritten hatte Jeremias Howard den Haupteingang des Gebäudes verlassen und eilte zielstrebig auf die

Bushaltestelle zu, die sich unmittelbar vor dem Gefängnisgelände befand.
Peter fixierte den Mann mit seinen Blicken. Offensichtlich hatte er ihn wiedererkannt, denn er änderte die Richtung und kam auf die drei ??? zu.
»Na, das ist ja eine Überraschung«, ließ er mit versteinertem Gesichtsausdruck verlauten. »Und weiß Gott keine angenehme! Ihr seid doch bestimmt nicht zufällig hier, richtig?«
Mit verunsicherter Stimme stellte Peter Mr Howard seine beiden Freunde kurz vor und schaute dann Hilfe suchend zu Justus. Dieser hatte den Blick verstanden und übernahm das Wort.
»Mr Howard, wir werden hier wohl nicht die Zeit haben, uns ausführlich über all das zu unterhalten, was wir wissen wollen und auch wissen müssen. Daher beschränke ich mich auch nur auf die wichtigsten Fragen.«
»Fragen?« Argwöhnisch hob der Strafgefangene die Brauen. »Was wollt ihr denn *noch* wissen?«
»Unser wichtigstes Anliegen besteht darin, Mr Edward Candle zu sprechen. Meinen Sie, dass es irgendeine Möglichkeit gibt, das in die Wege zu leiten?«
Ein kurzes Zucken fuhr durch das Gesicht des Mannes, ehe er spöttisch zu lachen anfing. »Ihr seid wohl von allen guten Geistern verlassen! Ich werde wohl noch vor Weihnachten aus dem Knast entlassen werden. Da glaubt ihr doch nicht allen Ernstes daran, dass ich so hirnrissig bin, dieses Ereignis noch zu gefährden!«
»Aber Sie sind doch auch für Edw–«
»Ja, warum ich mich da hab bequatschen lassen … Nein, ich

habe schon viel zu viel riskiert, als ich für Edward den ›Botengang‹ zu seiner Großmutter übernommen habe! Sorry, Jungs, aber ich will mir keine Scherereien einhandeln. Wenn ihr unbedingt Kontakt zu ihm aufnehmen wollt, müsst ihr euch schon selbst etwas einfallen lassen, um in diese Festung zu gelangen.« Er spuckte verächtlich auf den Boden. »Was wollt ihr denn überhaupt von ihm wissen?«

»Mr Howard, bitte!«, entgegnete Justus drängend. »Wir können Ihnen das jetzt nicht alles lang und breit erklären. Nur so viel: Edwards Großmutter wurde von uns bereits über alles informiert. Sie weiß, dass nach Ihren Angaben ihr Neffe noch am Leben ist. Und wir sind in ihrem Auftrag hier, um in Erfahrung zu bringen, ob Ihre Behauptung auch tatsächlich der Wahrheit entspricht oder ob Sie Peter aus irgendeinem Grund belogen haben!«

»Würdest du bitte etwas leiser sprechen!«, zischte Mr Howard aufgeregt. »Du bringst mich mit deinem lauten Organ noch in Teufels Küche!«

»Wenn Sie mit uns kooperieren, haben Sie nicht das Geringste zu befürchten. Doch wenn Sie uns schon nicht helfen wollen, was ich angesichts Ihrer bevorstehenden Entlassung durchaus nachvollziehen kann, dann verraten Sie uns doch zumindest noch, warum Sie bei Mrs Candle im Krankenhaus aufgetaucht sind!«

»Also schön, du Quälgeist, vorher gibst du ja eh keine Ruhe: Edward hatte mir aufgetragen, seiner Großmutter noch einmal ganz deutlich ans Herz zu legen, dass sie keiner Menschenseele etwas über seine Hinweise im Adventskalender sagen darf! Aus diesem Grund bin ich am 2. Dezember bei ihr vorbeigegangen. Doch ich bin ausgerechnet zu dem Zeitpunkt bei ihr eingetroffen, als sie auf einer Trage in den Krankenwagen geschoben wurde. Deshalb blieb mir nichts anderes übrig, als sie im Krankenhaus zu besuchen. Aber wie ihr ja wisst, bin ich zweimal an dieser Mission gescheitert.«

In diesem Moment ertönte aus den Lautsprechern des Gefängnisgebäudes ein schriller Alarmton. Die Frequenz war so unangenehm, dass sich Peter sofort die Ohren zuhielt.

»Was ist denn jetzt los?« Bob blickte zum Gelände hinüber. »Ob da drin ein Feuer ausgebrochen ist?«

Plötzlich stürmten bewaffnete Wachmänner aus dem Ausgang des Gefängnisses und verteilten sich entlang der Mauer, die das gesamte Areal umgab.

»Was mag da geschehen sein?«, überlegte Bob laut. Der Anblick der gezückten Pistolen machte ihn nervös.

Jeremias Howards lächelte. »Ich wünsche ihm viel Glück ...«

»Was meinen Sie damit?«, fragte Justus leise. »Wem wünschen Sie viel Glück?«

Der Sträfling trat einen Schritt näher an die Jungen heran und senkte die Stimme. »Der Mann, den ihr Edward Candle nennt, hatte für heute seinen Ausbruch geplant. Und wie ich die Situation einschätze, ist ihm gerade die Flucht geglückt!«

Die Los Angeles Post vom **7. Dezember** brachte einen Artikel, der ausführlich über die Flucht eines gewissen Charly Gordon aus dem Sellamore-Gefängnis berichtete: Er hatte wegen eines schweren Raubüberfalls auf einen Geldtransporter eine sechsjährige Haftstrafe zu verbüßen, von der er bereits fünf Jahre abgesessen hatte. Es war ihm gelungen, sich in einem Wäschelaster zu verstecken und so zu flüchten.
Die drei ??? hatten ein Exemplar der Zeitung eingesteckt, als sie an diesem Nachmittag zum Hollywood Boulevard fuhren, wo sie sich mit Mrs Candle bei einem »German Christmas Market« unter freiem Himmel verabredet hatten. Die alte Dame selbst hatte diesen Ort vorgeschlagen, weil sie sich nach ihrem Krankenhausaufenthalt endlich wieder einmal frischen Wind um die Nase wehen lassen und nebenbei auch noch die Gelegenheit nutzen wollte, seltene Gewürze für die nächste weihnachtliche Back-Aktion zu erwerben.
Vor einem Kaffeestand hatten sich die vier auf einer der hinteren Bänke niedergelassen. Nachdem Justus Mrs Candle in allen Einzelheiten von ihrer Begegnung vor dem Sellamore-Gefängnis berichtet hatte, holte er die Zeitung aus der Tasche. »Haben Sie schon diesen Artikel gesehen?«, fragte er sie. Ihre Augen flogen nur so über die Zeilen, bis sie schließlich die Zeitung sinken ließ und betroffen ins Leere blickte.
Der Erste Detektiv hatte vorerst nur eine einzige Frage. Er tippte auf das Foto des Entflohenen und sah Mrs Candle ernst an. »Handelt es sich bei diesem Bild um Ihren Enkel, Madam?«
Ihr stummes Nicken reichte ihm als Antwort vollkommen aus. »Offen gestanden habe ich mit dieser Antwort gerech-

net.« Justus nippte verlegen an seinem Kaffee und begann, nachdenklich an seiner Unterlippe zu kneten. Und auch Peter und Bob wussten in diesem Augenblick nicht, welche Frage sie an Mrs Candle richten konnten. Die nächsten Sekunden verstrichen, ohne dass ein Wort fiel. Umso lauter hörte man ein Saxofon-Quartett, das sich unweit des Kaffeestandes an einer ziemlich schrägen Version von »Jingle Bells« versuchte.

Schließlich war es die alte Dame selbst, die das beklemmende Schweigen brach. »Edward ist also am Leben«, gab sie gepresst von sich. »Allein diese Tatsache sollte mich mit Freude erfüllen. Aber solange ich nicht weiß, wieso er mich fünf Jahre im Glauben gelassen hat, dass er auf grausame Weise ermordet wurde, werde ich keine Ruhe finden!«

»Wie ist denn dieses Schauermärchen damals überhaupt an Sie herangetragen worden, Madam?«, fragte Justus.

Mrs Candle ballte ihre Hände zu Fäusten. »Da stand eines Tages diese unheimliche Frau vor meiner Tür«, rief sie sich ins Gedächtnis zurück. »Sie hat die ganze Zeit so getan, als wäre auch ihr Leben bedroht. Sie hat mir erzählt, dass Edward mit anderen Verbrechern eine erhebliche Menge Geld erbeutet hatte, das er aber nicht mit ihnen teilen wollte. Und deshalb hätten diese Männer kurzen Prozess mit ihm gemacht. Ruhe würden sie aber erst geben, wenn das Geld wieder auftauchte. Und dann wollte sie von mir wissen, ob ich etwas über den Verbleib des Geldes wüsste, was ich natürlich verneinte. Aber sie blieb hartnäckig und drohte mir, falls ich der Polizei gegenüber auch nur ein Sterbenswörtchen verlieren würde, hätte ich selbst mit meiner Ermordung zu rechnen. Davon habe ich mich aber nicht einschüchtern lassen und die Polizei dennoch von ihrem Besuch unterrichtet.«

»Und dann?«, fragte Peter interessiert.

»Die Polizisten konnten mir nicht wirklich weiterhelfen. Ich weiß auch gar nicht, ob sie mich nicht für – sagen wir: ein wenig schrullig hielten.« Mrs Candle lachte bitter. »Himmel und Hölle haben sie auf jeden Fall nicht in Bewegung gesetzt. Und eins war ja klar: Solange die geheimnisvolle Frau nicht ausfindig zu machen war, hatten sie keinen Anhaltspunkt.«

»Aber nun haben Sie uns ja als Detektive beauftragt, Madam«, entgegnete Bob und deutete noch einmal auf den Zeitungsartikel. »Haben Sie denn vielleicht eine Ahnung, um was für einen Überfall es sich gehandelt haben könnte?«

Mrs Candle schüttelte entschieden den Kopf. »Ich habe nicht den blassesten Schimmer. Aber ich weigere mich strikt daran zu glauben, dass mein Enkel diesen Raubüberfall verübt hat! Und überhaupt: Wieso ist das für eure Ermittlungen denn heute noch wichtig?«

»Weil wir herausfinden müssen, weshalb Edward seinen eigenen Tod vorgetäuscht und sich eine neue Identität zugelegt hat, mit der er sogar Polizei und Staatsanwaltschaft täuschen konnte«, erklärte Justus grübelnd. »Es sei denn, dass er für diesen Namenswechsel gar nicht selbst verantwortlich ist und er vielleicht von anderer Seite dazu veranlasst wurde. Aber das sind alles nur unausgegorene Theorien, für die es bisher nicht den geringsten Anhaltspunkt gibt. Und warum hat er einen Ausbruch riskiert, obwohl er doch in einem Jahr sowieso entlassen worden wäre? Wenn er jetzt geschnappt wird, muss er für viele Jahre hinter Gitter …«

Mrs Candle war deutlich anzusehen, dass sie Justus' Worten nur schwer folgen konnte. Immer wieder blickte sie auf das Foto ihres Enkelsohnes und fasste sich dabei verstört an den Kopf. »Ich bin zwar nicht die Hellste, Jungs, aber eines weiß ich sicher: Edward wird nicht so töricht sein, geradewegs zu mir nach Hause zu stiefeln, um mir einen Festtagsbesuch abzustatten. Denn ebenso wie alle anderen halbwegs gescheiten Leute wird er sich denken können, dass das Haus seiner einzigen noch lebenden Verwandten von nun an unter besonderer Beobachtung der Polizei stehen wird.«

»Was aber voraussetzen würde, dass die Polizei inzwischen über die wahre Identität Ihres Enkelsohnes im Bilde ist«, gab Justus zu bedenken.

Mrs Candle verzog keine Miene. »Spätestens seit diesem Zeitungsartikel wird ja nicht nur mir klar geworden sein, dass es sich bei dem entflohenen Charly Gordon in Wahrheit um meinen Enkelsohn Edward Candle handelt: Obwohl Edward schon immer eher ein Einzelgänger war, werden ihn auch viele andere Personen anhand des Fotos wiedererkennen!«

Justus musste lächeln. »Alle Achtung, Madam! Miss Marple lässt grüßen! Als viertes Fragezeichen wären Sie in unserem Team ein willkommenes Mitglied!« Mrs Candle erwiderte das Kompliment mit einem Kopfnicken, bevor sie die Zeitung zusammenfaltete und die Stimme senkte. »Es würde mich nicht wundern, wenn die Polizei mich schon längst beschattet …«

Peter spürte Beklommenheit in sich aufsteigen und blickte sich misstrauisch in alle Richtungen um. Der Tisch zu ihrer Linken war unbesetzt. Daneben saßen drei Männer, die schon mittags und trotz der so gar nicht winterlichen Temperaturen dem Glühwein zugesprochen hatten und sich gegenseitig abgedroschene Witze erzählten. Konnten das vielleicht Polizisten in Zivil sein? Aber die würden im Dienst keinen Alkohol trinken. Schnell verwarf er seinen Verdacht und blickte unauffällig zur anderen Seite. Dort saß eine aufgebrachte Frau, die über das Handy lautstark einen Ehekrach auszutragen schien. So heftig, wie die Auseinandersetzung war, hätte sie schon eine sehr gute Schauspielerin sein müssen, um sich alles auszudenken.

»Würdest du dich bitte nicht so auffällig umsehen!«, ermahnte Justus flüsternd den Zweiten Detektiv und verpasste ihm dabei einen leichten Tritt unter dem Tisch. »Ich habe die Umgebung bereits gescannt und kann beruhigt Entwarnung geben! Noch hält sich kein Verdächtiger in unserer Nähe auf.« Dann wandte er sich wieder Mrs Candle zu.

»Wie Sie vorhin schon so treffend bemerkt haben, wird sich Edward in naher Zukunft vermutlich nicht mit Ihnen persönlich in Verbindung setzen, Madam. Dennoch bin ich der festen Überzeugung, dass er auf andere Weise mit Ihnen in Kontakt treten wird. Das hat er in gewisser Weise ja schon getan, indem er durch seinen Verbindungsmann Jeremias Howard zwei Nachrichten in Ihrem Adventskalender hinterlegt hat.«

»Richtig«, bestätigte Bob. »Die schriftliche Botschaft und den Ring. Mit diesen beiden Hinweisen hat er Ihnen gegenüber seine Existenz ja quasi schon vor seinem Gefängnisausbruch preisgegeben, Mrs Candle.« Wieder nickte die alte Dame stumm.

»Ich bin mir sicher, dass sich Edward in irgendeiner Form wieder bei Ihnen melden wird – und wir auf diese Weise mehr Hintergrundwissen bekommen werden.«

»Hintergrundwissen, Erster?«, fragte Peter und runzelte die Stirn. »Welcher Art? Und vor allem: wozu?«

»Ich werde das Gefühl nicht los, dass es einen Zusammenhang gibt zwischen Edwards angeblichem Ableben vor fünf Jahren, seiner Einlieferung ins Gefängnis unter falschem Namen kurze Zeit später, seinen Botschaften an Mrs Candle und dem gestrigen Ausbruch. Irgendetwas liegt da im Argen. Irgendetwas, das sich uns noch nicht erschließt. Und wenn wir an den Adventskalender denken, scheint Mrs Candles Enkelsohn ja aus uns noch unbekannten Gründen daran gelegen, dass seine Großmutter erst nach und nach mehr erfährt.«

»Aber muss er denn nicht zumindest im Ansatz damit rechnen – verzeihen Sie mir bitte diese Äußerung, Madam –, dass Sie statt mit Ihrem Enkelsohn eventuell doch eher mit der Polizei kooperieren?«, fragte Peter vorsichtig. »Ich meine, Sie und auch wir machen uns doch in gewisser Weise strafbar, wenn wir unser Wissen über einen geflohenen Sträfling der Justiz gegenüber verschweigen …«

»Langsam, Zweiter!«, unterbrach Justus den Zweiten Detektiv. »Erstens verfügen wir bisher nicht über eine einzige Information, die wir der Polizei vorenthalten könnten. Sicher, wir kennen den wahren Namen von Charly Gordon. Aber

wie uns Mrs Candle eben vor Augen geführt hat, werden gleich nach dem Erscheinen der Zeitung bei der Polizei die Telefone heißgelaufen sein. Wenn wir jetzt auch noch anrufen, ist niemand klüger – aber es wird unangenehme Fragen hageln, die uns in unserer Arbeit behindern. Und zweitens werden wir getreu unserer Detektivehre, Peter, niemanden schützen, der ein echtes Verbrechen begangen hat, darauf gebe ich dir Brief und Siegel. Aber dieser Fall ist so merkwürdig, Ausbruch hin oder her, Verurteilung hin oder her, dass es mir schwerfällt, Edward Candle einfach als Verbrecher zu buchen. In meinen Augen gilt für ihn – so paradox es klingen mag – noch (oder wieder) die Unschuldsvermutung.«
Bob und Peter sahen sich erstaunt an, aber die alte Dame klatschte impulsiv mit den Händen. »Bravo, Justus! Treffender hätte ich es auch nicht ausdrücken können. Und ich kann mich nur wiederholen: Ich kenne meinen Enkelsohn. Er mag sich in der Vergangenheit einiger kleiner Delikte schuldig gemacht haben, aber er ist mit Sicherheit kein Schwerverbrecher. Dafür lege ich meine Hände ins Feuer! Auch ich würde keinen Kriminellen decken, selbst aus Liebe nicht! Aber bevor ich nicht weiß, was wirklich passiert ist, werde ich nicht blauäugig die Polizei auf ihn ansetzen!«
»Also, Kollegen?«, wandte sich Justus fragend an Bob und Peter. »Bleiben wir vorerst an der Sache dran?«
Peter stieß einen tiefen Seufzer aus. »Du wirst ja vorher doch keine Ruhe geben, Erster. Was lohnt es da schon, sich gegen dich aufzulehnen? Und, wie sieht es mit dir aus, Bob?«
»Also schön. Warten wir mal ab, wie sich der Fall entwickelt«, antwortete der Zweite Detektiv.

Mrs Candle atmete erleichtert auf. »Und was werdet ihr als Nächstes unternehmen?«

»Ich habe gestern mit Jeremias Howard vereinbart, dass wir uns morgen vor dem Chinese Theatre mit ihm treffen«, erklärte Justus knapp. »Er wird einige Minuten seines Freiganges opfern müssen, um noch die eine oder andere Frage zu klären …«

Am **8. Dezember** wirbelten zur Überraschung der drei ??? vor Grauman's Chinese Theatre am Hollywood Boulevard dichte Schneeflocken durch die Luft! Allerdings fielen sie nicht vom Himmel, sondern wurden von mehreren Schneekanonen unter einem Vordach des berühmten Filmtheaters in die Luft gepustet. »Ist der Schnee echt?«, fragte Bob zweifelnd.

Unter anderen Umständen hätten Justus, Peter und Bob an dieser technischen Attraktion gewiss ihre helle Freude gehabt. Sie waren jedoch vollauf damit beschäftigt, unter den zahlreichen Touristen den Mann ausfindig zu machen, mit dem sie sich vor dem Haupteingang des Kinos verabredet hatten: Jeremias Howard. Der Erste Detektiv sah unruhig auf seine Armbanduhr. Der Zellengenosse von Mrs Candles Enkelsohn war bereits eine Viertelstunde zu spät.

»Der wird doch wohl nicht die Frechheit besitzen, uns zu versetzen«, schimpfte Peter, während er sich einige der künstlichen Schneeflocken vom Mund wischte. »Ich muss nämlich noch andere wichtige Dinge erledigen! Für meine Eltern, Kelly und Jeffrey habe ich noch kein passendes Weihnachtsgeschenk gefunden und außerdem musste ich meinem Vater versprechen, heute unseren Tannenbaum zu kaufen!«

»Also der übliche Festtagsstress«, kommentierte Bob Peters Nöte und blickte dabei immer wieder in die Gesichter der vorbeieilenden Passanten. Von Mr Howard war noch immer nichts zu sehen.

Justus bemühte sich um Gelassenheit. »Keine Sorge, Freunde. Wir haben Mr Howard schließlich erfolgreich weisgemacht, dass wir im Besitz von Videoaufzeichnungen sind, die ihn des Einbruchs überführen! Er wird sicher gleich auftauchen. Apropos ›Festtagsstress‹, Kollegen: Ich habe heute Morgen meine Tante überreden können, mir zu verraten, wie die Nikolaus-Überraschungen in unsere Stiefel gelangt sind!«

»Ach? Lass hören, Erster!«

»Ganz einfach, Bob! Mrs Candle hat Tante Mathilda angerufen und sie um eure Adressen gebeten. Mithilfe eines Kuriers hat sie die Geschenke mit einer kurzen Instruktion an eure Eltern und an meine Tante liefern lassen. Und die haben dann den langen Arm des Nikolaus gespielt!«

Bobs Augen begannen zu leuchten. »Ist ja rührend! Bei nächstbester Gelegenheit sollten wir uns für diese Überraschung bei ihr revanchieren und –« Er hielt plötzlich inne und tippte Justus kurz an die Schulter. »Seht mal, Freunde! Rudolph das Rentier stattet uns einen Besuch ab!«

Ein Mensch im Rentierkostüm kam direkt auf sie zu und blickte sich dabei immer wieder hektisch nach allen Seiten um. Dann sagte er: »Tag, Jungs! Entschuldigt bitte die Verspätung, aber auf dem Weg hierher musste ich diese Prospekte hier verteilen!«

»Mr Howard? Wie kommen Sie denn zu diesem weihnachtlichen Kostüm?« Justus hatte den Mann als Erster erkannt. »Wollen Sie jetzt etwa ebenfalls ausbrechen?«

Wieder warf Mr Howard einen unruhigen Blick zur Seite. »Natürlich nicht! Ich habe im Rahmen meines Freigänger-Programms einen Job bekommen, bei dem ich Spenden für das Maryvale-Kinderheim sammle! Nur deshalb kann ich mich überhaupt so ungehindert in der Stadt bewegen! Wenn ihr mich vorgestern nicht so massiv unter Druck gesetzt hättet, mich heute hier mit euch zu treffen, wäre ich wohl gar nicht gekommen! Die ganze Angelegenheit ist mir inzwischen viel zu heiß!«

»Ein Freigänger mit Spendenbüchse?« Justus lachte. Aber dann wurde er schlagartig wieder ernst. »In Ordnung, dann schlage ich vor, dass wir die Sache möglichst schnell hinter uns bringen«, sagte Justus und wies zu einem kleinen Café auf der anderen Straßenseite hinüber. »Gehen wir zu Mary's Corner und klären dort rasch die wichtigsten Punkte!«

Jeremias Howard rappelte mit der Spendenbüchse und machte eine abwehrende Handbewegung. »Auf keinen Fall! Fragt mich hier und jetzt, was ihr von mir wissen wollt, und dann hoffe ich, dass sich unsere Wege nie wieder kreuzen werden!«

»Also schön.« Justus überlegte, welche Fragen ihm am meisten auf den Nägeln brannten. »Haben Sie eine Ahnung, warum in der Zeitung von Charly Gordon die Rede ist, obwohl es sich bei Ihrem entflohenen Zellenkumpel eindeutig um Edward Candle handelt?«

Mr Howards Lider begannen nervös zu flattern. »Charly, äh, Edward hatte bei seiner Verhaftung nach dem Überfall auf den Geldtransporter gefälschte Papiere bei sich. Das hat er mir selbst aber auch erst vor Kurzem anvertraut. Und mit seiner neuen Identität hatte er die Gefängnisverwaltung bis gestern erfolgreich täuschen können. Was willst du noch wissen?«

»Die Wahrscheinlichkeit, dass Edward Candle von der Polizei schnell geschnappt und wieder eingesperrt wird, ist relativ groß. Er hat bereits fünf Jahre seiner Strafe abgesessen und sollte schon Ende nächsten Jahres entlassen werden. Wie kann ein Mensch so kurzsichtig handeln, zu diesem Zeitpunkt eine deutliche Haftverlängerung zu riskieren? Denn dass man ihn schnappt, damit muss ja jeder normal denken–»

Mr Howard unterbrach Justus irritiert. »Gib Gas, ich habe nicht mehr viel Zeit! Wie lautet deine Frage?«

»Was hat Edward vor? Weshalb ist er aus dem Gefängnis geflohen?«

Sichtlich angespannt wischte sich Mr Howard die Schweißperlen von der Stirn und begann unruhig mit dem linken Fuß zu wippen. »Ich werde euch die Informationen nur dann geben, wenn ihr mir versprecht, mich auch weiterhin aus dieser ganzen Angelegenheit herauszuhalten, klar? Dass ich mich da überhaupt habe reinziehen lassen … Ich kann bereits zu Weihnachten mit meiner Entlassung wegen guter Führung rechnen und habe nicht das geringste Interesse daran, mir diese rosigen Aussichten von drei naseweisen Jungs zerstören zu lassen. Gebt ihr mir darauf euer Wort?«

Justus streckte Mr Howard die Hand entgegen. »Sie können sich voll und ganz darauf verlassen!«

»Also schön …« Der Sträfling schlug ein und zog seine Rentiermütze noch ein Stück tiefer in sein Gesicht. »Edward ist für ein Verbrechen eingesperrt worden, an dem er, wie er mir erzählte, zwar beteiligt war, das er aber nicht begangen hat.«

»Häh?« Peter stutzte. »Verstehe ich nicht! Wie soll das denn gehen?«

»Darüber hat er sich in Stillschweigen gehüllt«, antwortete Mr Howard. »Ihm war nur wichtig, dass seine Großmutter die Hinweise in diesem Weihnachtskalender finden sollte. Und diesen Gefallen habe ich ihm getan. Fragt mich aber bitte nicht, was er damit beabsichtigt hat.«

»Und weshalb ist Edward nun aus dem Gefängnis ausgebrochen?«, hakte Justus noch einmal nach.

Mr Howard sprach nun so leise, dass er kaum noch zu verstehen war. »Er will Rache! So hat er sich ausgedrückt. Am fünften Advent ist es so weit: Genau an diesem Tag soll eine Person, über die ich wirklich nicht das Geringste weiß, für die fünf Jahre, die Edward unschuldig hinter Gittern saß, fürchterlich bestraft werden!«

Am **9. Dezember** trafen sich die drei ??? in der Zentrale, um über das weitere Vorgehen zu beraten. Bob hatte interessante Neuigkeiten für seine Freunde. Er wollte gerade zu seinem Bericht ansetzen, da stimmte ein Chor im Radio »White Christmas« an.

»Just, würde es dir etwas ausmachen, einen anderen Sender einzustellen? Ich weiß es ja zu schätzen, dass du für eine behagliche Stimmung in unserem Wohnwagen sorgen möchtest, aber ›Raubüberfall‹ und ›Weiße Weihnacht‹ passen nach meinem Geschmack nicht unbedingt zusammen.«

»Wie der Herr befehlen«, antwortete Justus hoheitsvoll und quälte sich mit einem Stöhnen aus seinem Stuhl hoch. Er drehte am Sendersuchlauf, bis ein anderes Lied aus den Lautsprechern tönte: »Here Comes Santa Claus!«

Bob legte die Stirn in Falten. »Das ist nicht unbedingt besser, oder?«

»Habe verstanden!« Der Erste Detektiv drehte weiter: »›I'll Be Home for Christmas‹ – du scheinst heute kein Glück zu habe, Dritter. Einen Versuch wage ich noch!«

Nachdem jedoch auch der nächste Sender »Breath of Heaven« spielte, gab Justus schließlich auf und schaltete das Radiogerät kurz entschlossen aus.

»Danke, Just«, kommentierte Bob trocken. »Du hast einen gut bei mir!« Er entnahm seinem Rucksack einen Schnellhefter und legte ihn vor sich auf den Tisch.

»Also, Freunde, nachdem wir nun gestern von Mr Howard erfahren haben, weshalb Edward Candle aus dem Gefängnis getürmt ist, stellte sich für uns ja die Frage, an wem sich der Enkelsohn unserer Klientin denn nun rächen will. Dazu musste ich natürlich erst einmal in Erfahrung bringen, in welchen Raubüberfall Edward eigentlich verwickelt war …«

Justus' Finger begannen unruhig auf die Tischplatte zu trommeln. »Und? Hast du es herausfinden können, Bob?«

»Bin ich etwa ein Versager?« Mit breitem Grinsen schlug der dritte Detektiv den Schnellhefter auf und zog die Fotokopie eines Zeitungsartikels hervor. »Jetzt werdet ihr gleich verstehen, weshalb ich dieses Weihnachtsgedudel im Hintergrund nicht hören wollte. Was sich hier in der Nähe, genauer gesagt in Santa Monica vor fünf Jahren am 28. Dezember, zugetragen hat, ist alles andere als feierlich!«

»Also heraus damit!« Justus lehnte sich in seinem Sessel zurück und schloss konzentriert die Augen. »Lies vor!«

»Dann hört zu:

Santa Monica. Bei einem Überfall auf einen Geldtransporter wurde gestern eine Kundin der Wells Fargo Bank in der Vine Street lebensgefährlich verletzt. Die Täter konnten mit einer Beute in Höhe von zwei Millionen Dollar fliehen. Ein Tatverdächtiger wurde noch am selben Tag festgenommen.

Zwei maskierte Personen hatten gegen 15:30 Uhr den vor der Bank haltenden Geldtransporter überfallen und die beiden Fahrer brutal niedergeschlagen. Als ein Passant die Täter an der Flucht hindern wollte, griffen sie zu den Waffen. Eine Kundin der Bank, die gerade das Gebäude verließ, wurde dabei angeschossen und schwer verletzt. Ihr Zustand wird von der Polizei als ›kritisch‹ beschrieben.

Am Tatort ließen die Täter eine Waffe zurück, auf der die Fingerabdrücke eines Verdächtigen sichergestellt wurden. Aufgrund dieser Abdrücke konnte er noch am selben Tag festgenommen

und dem Haftrichter vorgeführt werden. Die Polizei machte keine Angaben, wie es ihr gelang, den mutmaßlichen Täter Charly G. so schnell aufzuspüren. Von der Beute in Höhe von zwei Millionen Dollar fehlt allerdings noch immer jede Spur.«
Bob ließ die Zeitung mit einem Seufzen sinken und blickte Justus und Peter fragend an. »Nun, was sagt ihr dazu, Freunde?«

»Das klingt ja nun gar nicht danach, als wäre Edward Candle der Unschuldsengel, als den ihn seine Großmutter beschreibt.« Peter griff nach der Fotokopie und überflog rasch noch einmal die Zeilen. »Schließlich wurden auf der Schusswaffe, mit der die Kundin verletzt wurde, doch seine Fingerabdrücke festgestellt. Wieso sollte er da zu Unrecht ins Gefängnis gesteckt worden sein? Und dann die verschwundene Beute! Zwei Millionen Dollar!«

Justus verschränkte nachdenklich die Hände hinter dem Kopf. »Wie man die Sache auch dreht und wendet, Kollegen, wir werden in der Sache wohl erst weiterkommen, wenn wir mit Edward Candle persönlich gesprochen haben.«

»In der Theorie klingt das ja ganz gut, Erster, aber wie willst du das anstellen?«, wollte Bob wissen. »Ich meine, wie willst du an jemand herankommen, hinter dem die halbe Polizei von Los Angeles her ist? Wir haben doch nicht die geringste Ahnung, wo er sich versteckt haben könnte!«

»Bisher noch nicht«, musste Justus eingestehen. »Aber ich bin mir ziemlich sicher, dass er seiner Großmutter noch weitere Botschaften zukommen lassen wird. Der Brief und der Ring waren erst der Anfang, Kollegen, da bin ich mir ganz sicher!«

»Dann glaubst du, dass die deponierten Gegenstände in dem Adventskalender darauf hinweisen könnten, wie und wo Mrs Candle Kontakt zu ihrem Enkelsohn aufnehmen kann?«, erkundigte sich Bob, während er eine Orange vom Weihnachtsteller nahm und sie zu schälen begann.
Justus nickte. »Von Mr Howard wissen wir, dass Edward seinen Gefängnisausbruch schon länger geplant hatte. Das war keine Spontan-Aktion. Welchen anderen Grund sollte er also gehabt haben, seiner Großmutter diese Hinweise zukommen zu lassen?«
»Leuchtet ein«, musste Bob zugeben. »Aber der Brief und der Ring allein sind doch noch keine Bestätigung für diese Theorie.«
»Und eben deshalb werden Mrs Candle noch weitere Botschaften zugespielt werden, da bin ich mir sicher!«
Bob hatte sich in der Zwischenzeit bereits einige Orangenschnitze einverleibt. »Dann bleibt uns jetzt also nichts anderes übrig, als uns auf Mrs Candle zu konzentrieren und darauf zu warten, dass weitere Puzzleteile auftauchen, die letztendlich zu Edward führen werden.«
»So sieht es aus, Kollegen …«
Peter machte sich derweil über einen anderen Punkt Gedanken. »Habt ihr euch denn mal gefragt, was mit der Rache, die Edward am ›fünften Advent‹ verüben will, gemeint sein könnte? Das muss doch irgendwie mit Mrs Candles Adventskalender im Zusammenhang stehen, oder? Und was ist das überhaupt, der fünfte Advent?«
»Darüber habe ich mich auch noch schlaugemacht, Zweiter«, erklärte Bob. »Der Begriff ›Advent‹ stammt aus dem

Lateinischen und bedeutet ›Ankunft‹. Die Adventszeit heutiger Prägung geht auf Papst Gregor den Ersten zurück. Er bestimmte um das Jahr 600 herum, dass es vier Adventssonntage geben sollte und nicht mehr bis zu sechs wie vorher. Der erste Advent fällt dabei auf den Sonntag zwischen dem 27. November und dem 3. Dezember eines Jahres, der vierte Advent ist demnach spätestens am Heiligen Abend, also dem Tag vor Weihnachten. Die vier Wochen der Adventszeit stehen übrigens symbolisch für die viertausend Jahre, die die Menschen nach damaliger kirchlicher Rechnung auf die Ankunft des Erlösers warten mussten. Tja, und viele Leute feiern in Europa den Advent mit einem Adventskranz, gebunden aus grüner Tanne, festlich geschmückt mit vier Kerzen. Am ersten Adventssonntag wird die erste Kerze angezündet, am zweiten Advent die zweite – bis am Heiligen Abend schließlich alle vier in hellem Glanz erstrahlen. Und daher …«

In diesem Moment wurde Bobs Vortrag vom Klingeln des Telefons unterbrochen. Der Erste Detektiv griff nach dem Hörer. »Hallo, Justus Jonas von den drei …«

»Gut, dass ihr da seid«, unterbrach ihn die Stimme am anderen Ende der Leitung. »Hier spricht Lydia Candle!« Ihrem Tonfall war deutlich zu entnehmen, dass irgendetwas nicht stimmte. »Ich wollte euch nur mitteilen, dass ich vor einer Stunde mein Haus verlassen habe und jetzt bei meiner Nachbarin bin. Hier werde ich heute auch notgedrungen übernachten. In mein Haus gehe ich erst wieder bei Tageslicht!«

Justus drückte schnell auf die Lautsprechertaste, sodass seine beiden Freunde mithören konnten. »Was ist denn geschehen?«, erkundigte er sich knapp. Mrs Candle atmete stoßweise. »Als ich vorhin vom Einkaufen zurückgekommen bin, hat mich fast der Schlag getroffen! Auf meinem Adventskranz im Wohnzimmer … da … da …«

»Immer mit der Ruhe, Mrs Candle! Was ist denn mit dem Kranz?«

»Ich … ich kann es mir ja selbst nicht erklären … Aber auf dem Adventskranz steckt plötzlich eine fünfte Kerze!«

»Heute ist schon der **10. Dezember**«, bemerkte Mrs Candle, als die drei ??? mit ihr ins Wohnzimmer traten, und wies dabei nervös auf den Wandkalender. »Seit neun Tagen nun passieren die merkwürdigsten Dinge und ich habe noch immer nicht den blassesten Schimmer, warum. Edward ist tatsächlich am Leben. Er lässt seltsame Hinweise in meinem Adventskalender deponieren. Er bricht er aus dem Gefängnis aus, in dem er fünf Jahre für ein Verbrechen einsaß, das er nie im Leben begangen haben kann, und dann steckt auf meinem Adventskranz urplötzlich eine fünfte Kerze!« Mit zittrigen Fingern zeigte sie zu dem runden Holztisch, wo der aus Tannenzweigen geflochtene Kranz unübersehbar auf einem Spitzendeckchen stand.
Bob trat interessiert näher heran und nahm die fünf Kerzen, von denen zwei bereits ein Stück abgebrannt waren, gründlich in Augenschein. »Können Sie uns vielleicht sagen, welche von den drei Kerzen neu dazugekommen ist, Madam? Die Kerzen sind ja so umgesteckt worden, dass es aussieht, als hätte der Kranz von Anfang an fünf Kerzen gehabt.«
»Aber sicher doch!« Zielstrebig tippte die alte Dame mit ihrem Finger darauf. »Die hier ist neu!«
»Faszinierend!«, bemerkte Peter verwundert. »Und woher nehmen Sie diese Gewissheit? Die Kerzen sehen doch alle gleich aus. Oder irre ich mich?«
Justus nickte zustimmend und zog eine der Kerzen aus dem Kranz. »Klug erfasst, Zweiter. Nicht aber die Halter, auf denen die Kerzen sitzen. Diese hier ist im Durchmesser etwas kleiner als die anderen vier!«
»Alle Achtung, Junge!«, lobte Mrs Candle. »Du trägst den

Titel des Ersten Detektivs wirklich zu Recht. Genau das ist mir gestern auch sofort ins Auge gestochen!«

Justus drehte die Kerze in seiner Hand und begutachtete sie von allen Seiten. Dann zog er eine weitere aus dem Kranz und wog beide in seinen Händen. »Dem ersten Eindruck nach scheinen sie sich vom Gewicht her nicht zu unterscheiden. Was aber nicht ausschließt, dass sich vielleicht doch etwas darin befinden könnte …«

»Dann gehst du davon aus, dass sich in dieser fünften Kerze eventuell ein weiterer Hinweis von Edward versteckt, Just?«

»Möglich wäre es.« Der Erste Detektiv hob die Kerze in die Höhe und hielt sie gegen die durchs Fenster hereinscheinende Mittagssonne. Doch schnell ließ er die Hand wieder sinken. »Massiv. Durch das rote Wachs ist nicht das Geringste zu erkennen. Wir werden wohl erst Gewissheit haben, wenn wir das Objekt geöffnet haben. Hätten Sie etwas dagegen einzuwenden, Madam?«

»Tut, was ihr für nötig haltet«, entgegnete Mrs Candle aufgeregt und strich sich dabei eine Haarsträhne aus dem Gesicht. »Alles, was zu einer raschen Aufklärung führt, soll mir recht sein!« Mit schnellen Schritten ging sie aus dem Wohnzimmer und kam kurz darauf mit einem Schälmesser in der Hand zurück. »Hier, Justus. Damit sollte es leichter gehen!«

Der Erste Detektiv prüfte zunächst ergebnislos den Kerzenhalter. Dann griff er nach einer alten Tageszeitung, die auf dem Fernseher lag, breitete sie vor sich auf dem Tisch aus und machte sich daran, das Wachs der Kerze abzuschälen. Die anderen beobachteten ihn angestrengt. Doch je mehr

Streifen auch auf der Zeitung landeten und je dünner die Kerze auch wurde, zum Vorschein kam – nichts!
Enttäuscht ließ Justus den Kartoffelschäler auf die Tischplatte sinken. »Mensch! Mein Verdacht hat sich nicht bestätigt. Und dabei war ich mir so sicher!«
»Mach dir nichts draus, Erster«, entgegnete Peter tröstend. »Auch Sherlock Holmes hat oft danebengelegen!«
Justus ignorierte diesen Hinweis und wandte sich Mrs Candle zu. »Ich muss eingestehen, dass mir die fünfte Adventskerze weiterhin Kopfzerbrechen bereitet, Madam. Und dabei frage ich mich, wie es dem Unbekannten gelingen konnte, unbemerkt in Ihr Haus einzudringen, um diesen Hinweis auf Ihrem Kranz zu hinterlassen. Oder haben Sie irgendwelche Einbruchsspuren bemerkt?«
Die alte Dame schüttelte entschieden den Kopf. »Die Haustür und die Fenster halte ich stets verschlossen. Und soweit ich es auf den ersten Blick beurteilen kann, ist in meinem Haus alles unversehrt. Aber einer genauen Prüfung habe ich es noch nicht unterzogen. Ich habe das Haus, nachdem ich gestern die fünfte Kerze entdeckt hatte, sofort verlassen und bin zu meiner Nachbarin gelaufen. Erst vorhin habe ich es gemeinsam mit euch wieder betreten.«
»Dann sollten wir alle Ein- und Zugänge noch einmal gründlich untersuchen«, schlug Bob vor und ging zu einem der Fenster.
»Ich glaube, das können wir uns sparen.« Justus knetete nachdenklich an seiner Unterlippe. »Sagen Sie, Mrs Candle, seit wann bewohnen Sie schon dieses Haus?«
Die alte Dame schloss für einen Moment konzentriert die

Augen. »Im Februar sind es genau 42 Jahre. Warum fragst du?«
»Bitte entschuldigen Sie, wenn ich vorerst noch zwei weitere Fragen an Sie richte, bevor ich Ihnen antworte«, erklärte Justus, während er seine Blicke durch das Wohnzimmer wandern ließ. »Edward ist doch nach dem Tod seiner Eltern in diesem Haus aufgewachsen und hatte dann auch sicher einen eigenen Schlüssel, oder?«
Mrs Candle wurde bleich. »Das … das ist richtig.«
»Und ich liege wohl richtig mit meiner Annahme, dass Sie das Türschloss seitdem nicht ausgewechselt haben?«
Die alte Dame sagte nichts. Sie blieb neben dem Tisch stehen und blickte Justus entgeistert an.
»Wir haben es bisher versäumt, uns – und auch Mr Howard – zu fragen, wie es ihm möglich war, unbemerkt in dieses Haus einzudringen, um die Hinweise Ihres Enkelsohnes in dem Adventskalender zu platzieren. Und dabei ist es doch so einfach! Entweder ist Edward immer noch im Besitz Ihres Haustürschlüssels, Mrs Candle – obwohl man ihm den im Gefängnis wohl abgenommen hätte –, oder er muss wissen, wo Sie einen Reserveschlüssel deponieren, falls Sie sich einmal aussperren sollten!«
»Das ist richtig …«, sagte sie zitternd. »Mein Zweitschlüssel liegt schon seit 42 Jahren an derselben Stelle: unter dem Blumenkübel draußen neben der Gartenbank! Und dieses Versteck kennt Edward natürlich von Kindesbeinen an!«
»Dann sehen wir jetzt klarer«, verkündete Justus wichtig. »Wenn wir davon ausgehen, dass Jeremias Howard wirklich keine Lust mehr auf illegale Aktivitäten während seines

Freigangs hatte – er hat uns ja auch die Geschichte mit den Kamera-Aufzeichnungen abgekauft –, bleibt wohl nur eine Möglichkeit: Derjenige, der die fünfte Kerze auf Ihren Adventskranz gesteckt hat und hier ungehindert ein- und ausgehen kann, ist Ihr eigener Enkelsohn! Fragt sich nur, wie er es geschafft hat, sich an der Polizei vorbei ins Haus zu schleichen ...«

In der Küche der Familie Jonas war Tante Mathilda am **11. Dezember** damit beschäftigt, Weihnachtsplätzchen zu backen. Die drei ??? gingen ihr dabei ein wenig zur Hand. Für Justus war dies eine günstige Gelegenheit, in Erfahrung zu bringen, ob Mrs Candle tatsächlich ihr Versprechen eingehalten hatte, anderen gegenüber nichts von den seltsamen Vorgängen in ihrem Haus zu erzählen, insbesondere ihrer besten Freundin Mathilda.

Wenige Minuten, nachdem seine Tante das erste Backblech in den Ofen geschoben hatte, äußerte er daher beiläufig: »Mhmm … das duftet aber schon lecker, Tante Mathilda! Meinst du nicht, es wäre eine nette Geste, wenn wir Mrs Candle nachher auch ein paar Plätzchen vorbeibringen würden? Sie würde sich doch sicher darüber freuen!«

Mrs Jonas runzelte fragend die Stirn. »Nanu, mein Junge! Ich entdecke ja ständig neue Seiten an dir! Erst hilfst du mir mit deinen Freunden beim Plätzchenbacken und jetzt liegt dir auch noch das Wohl alleinstehender älterer Damen am Herzen! Ansonsten seid ihr doch ständig nur mit euren Detektivspielen beschäftigt! Woher kommt denn dieser plötzliche Sinneswandel?«

»Och … äh … es ist ja schließlich bald Weihnachten«, kam Peter seinem Freund schnell zu Hilfe. »Das Fest der Nächstenliebe. Und da muss man die eigenen Interessen schließlich ein Stück zurückstellen, oder?«

»Das ist ja wirklich lieb von euch, Jungs!« Mrs Jonas lächelte, griff nach einem Topflappen und zog das Backblech aus dem Ofen. »Und dazu eine hervorragende Idee! Sobald die Kekse abgekühlt sind, werde ich für Lydia eine Mischung zusammenstellen und euch eine Dose voll für sie mitgeben. Habt ihr denn heute noch Zeit, sie ihr vorbeizubringen?«

»Eigentlich sind wir schon verplant«, erklärte Justus, während ihm beim Anblick der Plätzchen das Wasser im Mund zusammenlief. »Aber da wir eh noch zum Hollywood Boulevard fahren wollen, um Weihnachtsgeschenke zu kaufen, steht einem Abstecher bei Mrs Candle nichts im Wege.«

»Einverstanden!« Mrs Jonas rollte die nächste Kugel Teig auf dem Küchentisch aus und machte sich dann daran, weitere Sterne auszustechen. »Aber bitte gib für mich und deinen Onkel nicht unnötig Geld aus, mein Junge! Du weißt doch, dass uns selbst gebastelte Geschenke viel mehr Freude bereiten als gekaufte!«

»Ist schon klar, Tante!«, entgegnete Justus mit einem Schmunzeln, während er einen günstigen Moment abpasste, um ein Plätzchen vom Backblech zu stibitzen. »Hast du denn in den letzten Tagen noch einmal mit Mrs Candle gesprochen? Ich meine, weißt du, wie es ihr nach ihrem Krankenhausaufenthalt ergangen ist?«

»Allerdings! Erst gestern Abend habe ich ein längeres Telefonat mit ihr geführt. Sie ist ja doch recht einsam und deshalb kam mir auch der Gedanke, ob wir sie nicht zum Weihnachtsfest zu uns einladen sollten. Aber das wollte ich erst mit dir und deinem Onkel besprechen. Was hältst du von dieser Idee?«

»Was für eine Frage«, entgegnete Justus und versteckte dabei das gemopste Plätzchen in seiner Hand. »Meine Zustimmung hast du schon jetzt! Und Onkel Titus wird garantiert auch nichts dagegen haben. Wenn wir –«

In diesem Moment schellte das Telefon im Flur. Mrs Jonas ließ das Nudelholz sinken und warf einen kurzen Blick auf ihre mehligen Hände. »Ach, könntest du mal eben so nett sein und ans Telefon gehen, Junge? Ich mach sonst noch alles schmutzig!«

»Klar doch!« Justus eilte in den Flur hinaus und ließ dabei schnell das Plätzchen in seinem Mund verschwinden. Noch kauend hob er den Hörer von der Gabel. »Gebrauchtwaren–«

»Oh, Justus! Gut, dass du selbst dran bist«, tönte es aus der Ohrmuschel, noch ehe er ausgesprochen hatte.

Der Erste Detektiv hatte die Stimme sofort erkannt. »Hallo, Mrs Candle! Das ist ja eine Überraschung! Wie geht es Ihnen? Ich meine … ist alles in Ordnung? Oder ist etwas –«

»Und ob etwas passiert ist!«, fiel ihm die alte Dame aufgeregt ins Wort. »Ich habe seitdem so heftige Kopfschmerzen; es fühlt sich an, als würde mir gleich der Schädel platzen!«

»Sollen ich und meine beiden Kollegen zu Ihnen kommen? Brauchen Sie Hilfe?«

»Nein, nein …« Mrs Candle stieß einen schweren Seufzer aus. »Ich werde mir gleich kühle Umschläge für die Stirn machen und mich dann erst mal ins Bett legen. Außerdem muss ich dringend zur Ruhe kommen. Aber zuvor muss ich dir noch von dem Anruf berichten!«

»Erzählen Sie!«

Mrs Candle holte tief Luft. »Vor etwa zehn Minuten hat mein Telefon geklingelt. Ein Mann war dran und stellte sich mir als Mr Schroeder vom Kaufhaus Macy's vor. Er sagte, er wollte mir nur mitteilen, dass meine Christbaumkugeln ein-

getroffen wären, und ich meine Bestellung morgen ab dreizehn Uhr in der Weihnachtsabteilung abholen könnte.«
Justus stutzte kurz. »Was ist denn daran so ungewöhnlich, Madam?«
»Was daran so ungewöhnlich ist?«, wiederholte Mrs Candle spitz. »Das kann ich dir sagen: Ich habe überhaupt keine Christbaumkugeln bestellt! Der Anrufer hat sich die größte Mühe gegeben, seine Stimme zu verstellen. Aber ich habe ihn natürlich sofort erkannt! Es war Edward!«
»Wie bitte?!« Der Erste Detektiv glaubte im ersten Moment, sich verhört zu haben. »Ich meine, sind Sie sich da wirklich sicher?«
»Willst du mich beleidigen? Ich bin mir hundertprozentig sicher, dass er es war! Und das habe ich ihm auch gleich auf den Kopf zugesagt!«
In Justus' Hirn begann es sogleich fieberhaft zu arbeiten. »Ich weiß nicht, ob das besonders klug war, Madam.«
»Das ist mir, nachdem ich ihm das gesagt hatte, dann auch ziemlich schnell aufgegangen.«
»Und was geschah dann? Ich meine, wie hat Ihr Enkelsohn darauf reagiert? Was hat er gesagt?«
»Gar nichts«, entgegnete Mrs Candle kleinlaut. »Er hat einfach aufgelegt. Und mir war klar, dass ich einen Riesenfehler gemacht hatte.«
»Weil es möglich ist, dass Ihr Telefon seit seinem Gefängnisausbruch von der Polizei abgehört wird. Auch das Gespräch in Sachen Christbaumkugeln …« Justus stöhnte. »Edward wollte morgen mit Ihnen in Kontakt treten, aber da Sie seine Identität am Apparat preisgegeben haben, wird er wohl nicht

so töricht sein, morgen Macy's überhaupt zu betreten.«
»Und was soll ich jetzt machen?« Mrs Candle war ihre Verzweiflung deutlich anzuhören. »Wie soll es denn jetzt weitergehen? Nach diesem Fiasko wird Edward sich doch bestimmt nicht mehr so schnell bei mir melden!«
»Erst einmal legen Sie sich hin und ruhen sich ein wenig aus«, sprach Justus der alten Dame beruhigend zu. »In der Zwischenzeit werde ich mit Bob und Peter beratschlagen, was wir als Nächstes unternehmen können.«
»Gut. Das hört sich vernünftig an. Ihr meldet euch dann bei mir, ja?«
»Worauf Sie sich verlassen können, Madam. Bis später.«
Als der Erste Detektiv den Hörer aufgelegt hatte und wieder in die Küche zurückkehren wollte, klingelte das Telefon erneut und er nahm ab.
»Gebrauchtwarencen–«
»Spar dir den Rest!«, wurde Justus auch diesmal unterbrochen. »Hier spricht Inspektor Cotta vom Rocky Beach Police Department! Und ich glaube, du kannst dir schon denken, weshalb ich anrufe!«
Justus spielte den Unwissenden. »Ich habe nicht den blassesten Schimmer, Inspektor!«
»Ach nein?«, entgegnete Cotta ebenso scheinheilig. »Wir haben aber gerade dein Telefonat mit Mrs Candle abgehört, Justus. Und genau aus diesem Grund wirst du mit deinen beiden Freunden Bob und Peter morgen Nachmittag um vier Uhr in meinem Büro antreten. Ich habe euch nämlich in dieser Angelegenheit einen Haufen interessanter Fragen zu stellen!«

Justus sollte den **12. Dezember** dieses Jahres nicht so schnell vergessen. Schon allein deswegen, weil er nie zuvor so ein mulmiges Gefühl verspürt hatte, Inspektor Cotta in seinem Büro gegenüberzutreten. Zwar leisteten ihm Peter und Bob Schützenhilfe, doch er wusste nur zu gut, dass es hauptsächlich an ihm hängen bleiben würde, die Kartoffeln aus dem Feuer zu holen.

»Setzt euch«, knurrte Cotta, nachdem Peter die Tür des Büros hinter sich geschlossen hatte.

Bob blickte verunsichert zu Boden und vermied direkten Blickkontakt mit dem Polizisten, während Justus, nachdem er Platz genommen hatte, scheinbar erfreut auf den Plüsch-Schneemann deutete, der neben Cottas Monitor stand.

»Oho, selbst auf dem Polizeirevier herrscht Weihnachtsstimmung! Das sieht man doch gern«, flötete er.

Doch dem Inspektor schien nicht der Sinn nach Small Talk zu stehen. »Ich komme am besten gleich zur Sache«, brummte er. »Einem gewissen Edward Candle, der unter dem falschen Namen Charly Gordon wegen der Beteiligung an einem Raubüberfall im Sellamore-Gefängnis einsaß, ist am 6. Dezember die Flucht gelungen. Es ist gängige Praxis, dass wir in solchen Fällen als Erstes Verwandte und Freunde des Ausbrechers ins Visier nehmen. In unserem speziellen Fall handelt es sich hierbei um die einzige lebende Verwandte des Ausbrechers: Mrs Lydia Candle, die Großmutter von Edward Candle.« Der Inspektor blickte den drei ??? fest in die Augen. »Ich gehe davon aus, dass ihr mir bis hierhin gut folgen könnt.«

»Absolut, Inspektor«, antwortete Justus, sichtlich bemüht,

sich nicht verunsichern zu lassen. Ihm und seinen beiden Freunden war bewusst, dass sie sich auf dünnem Eis bewegten. Sie hatten vorher vereinbart, dem Inspektor gegenüber stets bei der Wahrheit zu bleiben, jedoch nur so viel wie nötig von ihrem Wissen preiszugeben.

»Nach vier Tagen endlich«, fuhr Cotta fort, »lag die richterliche Genehmigung vor, Mrs Candles Telefon anzuzapfen.«

»Aber Sir! Ich habe mich inzwischen schlau gemacht. Nach den entsprechenden Gesetzen in unserem Bundesstaat wäre eine Abhöraktion niemals zuläss–«

»Justus!«, unterbrach ihn Cotta zornig. »Arbeitest du jetzt auch als Anwalt? Meine Kollegen haben die Genehmigung zum Abhören beantragt und sie haben sie bekommen. Mehr interessiert mich nicht – und mehr hat auch dich nicht zu interessieren, ist das klar? Also, weiter im Text: Gleich der erste eingehende Anruf bei Mrs Candle hat sich als Volltreffer erwiesen! Der Teilnehmer am anderen Ende der Leitung gab sich als ein gewisser Mr Schroeder von Macy's aus, den Mrs Candle am Telefon aber als ihren Enkelsohn Edward enttarnte. Nun war natürlich interessant, was Mrs Candle als Nächstes unternehmen würde. Und da hat mich fast der Schlag getroffen, als sie ausgerechnet die Nummer eurer Zentrale gewählt hat, Jungs! Da sie euch dort aber nicht erreichte, hat sie es beim Gebrauchtwarencenter T. Jonas versucht – und hatte sofort den Ersten Detektiv Justus Jonas an der Strippe! Tja, und wie sich in diesem Gespräch herausstellte, seid ihr drei, hinter dem Rücken der Polizei, einem höchst gefährlichen Verbrecher auf den Fersen, dessen Auslieferung an die Justiz ihr allem Anschein nach sogar noch verhindern wollt!«

Justus wurde es abwechselnd heiß und kalt, doch äußerlich bewahrte er die Fassung. »Das ist eine Unterstellung, Inspektor! Es ist richtig, dass uns Mrs Candle damit beauftragt hat, einige recht seltsame Vorfälle aufzuklären, die ihren Enkelsohn Edward betreffen. Aber das geschah bereits zu einem Zeitpunkt, als noch niemand von uns wusste, dass Edward im Gefängnis einsaß, geschweige denn, dass er daraus ausbrechen würde!«

»Es war sogar noch viel bizarrer!«, platzte es aus Bob hervor. »Mrs Candle war bis vor einigen Tagen noch fest in dem Glauben, dass Edward bereits vor fünf Jahren gestorben ist!«

Inspektor Cotta wurde hellhörig. »Wie darf ich denn das verstehen?«

»Nun ja …« Bob sah erschrocken zu Justus hinüber. Jetzt hatte er wohl aus dem Nähkästchen geplaudert.

»Die Sache ist etwas komplexer, als Sie möglicherweise denken«, übernahm deshalb Justus wieder das Ruder. »Als Mrs Candle in der Zeitung von dem Ausbruch eines gewissen Charly Gordon las – neben dem Artikel aber das Foto ihres Enkelsohns entdeckte –, verstand sie die Welt nicht mehr, da sie Edward seit Jahren für tot gehalten hatte.«

Cotta ließ nicht locker. »Und wie ging es dann weiter?«

Jetzt bot sich Justus die Chance, aus Inspektor Cotta Informationen herauszukitzeln, die er dringend brauchte, um in dem Fall voranzukommen. Er musste es nur geschickt genug anstellen.

»Vorerst gar nicht«, antwortete er ausweichend. »Denn zuerst stellte sich für uns die Frage, wie Mrs Candle überhaupt davon ausgehen konnte, dass ihr Enkelsohn vor fünf Jahren ermordet worden war, obwohl er sich doch tatsächlich des Lebens freute. Wobei man diese Äußerung natürlich nicht wörtlich nehmen darf, denn der Begriff ›Lebensfreude‹ ist für einen Menschen, der im Gefängnis eine langjährige Haftstrafe absitzen muss, natürlich völlig fehl am Platz.«

Cotta wurde langsam ungeduldig. »Worauf willst du hinaus, Justus?«

»Auf die Frage, ob Ihnen vielleicht bekannt ist, dass man Lydia Candle kurz nach der Verhaftung ihres Enkelsohnes die Information zukommen ließ, dass man Edward auf grausame Weise getötet und dann spurlos beseitigt hat. *Lupina bianca*, wenn Sie wissen, was ich meine.«

»Bitte?« Cotta, der gerade einen Schluck Kaffee aus einem Pappbecher genommen hatte, verschluckte sich so heftig, dass er kräftig husten musste. »Was ist das denn für eine Räuberpistole?«

»Eben das hofften wir, von Ihnen in Erfahrung zu bringen, Inspektor«, entgegnete Justus. »Denn offengestanden haben wir uns gescheut, bei Mrs Candle weiter nachzubohren, was dieses Thema betrifft. Die alte Dame hat ein schwaches Herz. Jede überflüssige Aufregung gilt es bei ihr tunlichst zu vermeiden.«

Cotta blickte die drei Detektive prüfend an. »Von dieser makaberen Geschichte ist mir bisher nicht das Geringste bekannt gewesen, das könnt ihr mir glauben, Jungs. Aber ich werde in dieser Sache bei den Kollegen in Hollywood nachhaken. Mal sehen, ob die etwas Brauchbares aus den Candle-Akten zutage fördern können.«

»Wieso sind Sie eigentlich auf den Fall angesetzt?«, erkundigte sich Bob interessiert. »Mrs Candles Wohnhaus gehört doch gar nicht zu Ihrem Bezirk.«

»Ganz recht«, entgegnete Cotta jetzt etwas freundlicher. »Aber ob ihr es glaubt oder nicht: Zur Weihnachtszeit hat das Verbrechen Hochkonjunktur. Da klingeln allerorts die Kassen! Da bereichern sich nicht nur die seriösen Geschäftsleute; nein, da will auch die Unterwelt etwas vom großen Kuchen abhaben! Was meint ihr, wie im Moment das Verbrechen boomt! Die Kollegen drüben in Hollywood sind völlig überlastet. In einer solchen Situation helfen wir uns schon mal gegenseitig aus – auch über Zuständigkeitsgrenzen hinweg. Das hängen wir nicht an die große Glocke; ich bin mir auch nicht sicher, wie mein Chef das finden würde.« Cotta lachte. »Aber ich weiß: Wenn bei uns mal Land unter ist, kann ich die Kollegen in Hollywood anrufen. Na ja, so bin ich jedenfalls an den Fall Edward Candle geraten und höre mit, was sich an Mrs Candles Telefon so tut, während ich hier im Büro Akten aufarbeite.«

Peter atmete erleichtert auf. »Da können wir ja von Glück reden, dass Sie uns auf die Schliche gekommen sind, Inspektor! Nicht auszudenken, wenn uns ein fremder Inspektor aus Hollywood in die Mangel genommen hätte …«

»Hört zu, Jungs«, setzte Cotta zu einer seiner berühmten Ermahnungsreden an. »Es ehrt euch wirklich sehr, dass ihr euch der alten Dame angenommen habt und ihr Beistand leisten wollt. Aber ich muss euch sagen, dass ihr Enkelsohn

Edward als höchst gefährlich einzustufen ist. Er hat damals einen bewaffneten Raubüberfall verübt und eine unbeteiligte Frau mit einer Schusswaffe lebensgefährlich verletzt. Es war wirklich großes Glück, dass sie wieder auf die Beine gekommen ist. Deshalb fordere ich euch dringend auf, diesen Fall umgehend zu den Akten zu legen und alles Weitere der Polizei zu überlassen. Denn sobald Edward aus der Deckung kommt, kann ich nicht garantieren, dass ihr unbeschadet aus der Sache herauskommt.«

»Der **13. Dezember!**«, sagte Peter düster. »Ich spüre es in meinem linken Zeh, dass das heute unser Unglückstag wird!«
Die drei ??? befanden sich auf dem Weg zur Green Street in Pasadena, wo sie sich mit Mrs Candle um siebzehn Uhr an der Schlittschuhbahn treffen wollten. Nach ihrem Gespräch mit Inspektor Cotta hatte es Justus nicht für ratsam gehalten, sich im Haus der alten Dame zu verabreden. Zwar war ihr ein Polizist in Zivil wahrscheinlich auch bis hierher gefolgt – aber ein gemeinsames Schlittschuhlaufen würde unverfänglicher wirken als ein Besuch bei Mrs Candle zu Hause, so die Hoffnung von Justus. Schließlich hatte er bei seinem Anruf eine Stunde vorher, wohl wissend um seine Mithörer, Mrs Candle gesagt, dass sie den Fall aufgeben müssten.
Nachdem Bob für sich und seine beiden Freunde Karten gelöst hatte, ließ er seinen Blick schweifen und versuchte, unter den zahlreichen Besuchern Mrs Candle ausfindig zu machen. Noch war die alte Dame nirgends zu sehen.
»Sie wird schon gleich auftauchen«, beruhigte Justus den dritten Detektiv, der ein sorgenvolles Gesicht machte.
»Das ist es ja gar nicht, was mich so nachdenklich stimmt, Erster«, entgegnete Bob und sah sich dabei immer wieder misstrauisch um. »Ich habe einfach das Gefühl, dass wir uns wirklich großen Ärger einhandeln, wenn herauskommt, dass wir trotz Cottas Verbot weiter in dem Fall ermitteln!«
Justus legte seinem Freund die Hand auf die Schulter. »Momentan ermitteln wir doch gar nicht, Bob. Wir haben uns hier lediglich mit Mrs Candle verabredet, um ihr moralischen Beistand zu leisten. Sie ist mit ihren Nerven völlig am

Ende – das kann uns doch dann niemand ernsthaft krummnehmen.«

»Aber was ist mit Edward?«, warf Peter fragend in die Runde. »Laut Cotta handelt es sich bei ihm um eine äußerst gefährliche Person, die auch vor dem Gebrauch der Schusswaffe nicht zurückschreckt! Hauptsächlich seinetwegen hat uns der Inspektor doch ermahnt, den Fall zu den Akten zu legen. Und ehrlich gesagt, ich möchte auch nicht riskieren, dass die drei ??? noch vor Weihnachten unter der Erde liegen!«

»So dramatisch wird es schon nicht werden, Zweiter«, beschwichtigte Justus seinen Freund. »Ich glaube, Edward wird es nach dem letzten Telefonat mit Mrs Candle eher vorziehen, in Deckung zu bleiben. Er wird mit Sicherheit geahnt haben, dass die Polizei ihren Anschluss überwacht, denn sonst hätte er sich ihr gegenüber ja nicht als Mr Schroeder vorgestellt. Überlegt doch mal, Kollegen: *Schroeder.* Das ist ein typisch deutscher Name. Und da Mrs Candles Großeltern aus Deutschland kamen, wollte er ihr damit wohl einen Hinweis geben, der ihr zeigen sollte, dass es sich bei ihm nicht um einen gewöhnlichen Anrufer handelt. Dummerweise hat seine Großmutter nicht schnell genug geschaltet. Durch ihre unüberlegte Äußerung muss er davon ausgehen, dass die Polizei nun weiß, wer den Kontakt zu ihr gesucht hat. Und deshalb wird er nicht so dumm sein, sich in absehbarer Zeit noch einmal in ihre Nähe zu wagen.«

»Ich könnte mir jetzt noch die Haare raufen, dass ich es vermasselt habe!«, ertönte plötzlich hinter den drei ??? eine ihnen wohlbekannte Stimme. Die Jungen zuckten zusammen und fuhren überrascht herum.

»Mrs Candle!«, rief Justus ganz perplex. »Stehen Sie schon länger hinter uns?«
Die alte Dame lächelte freundlich. »Zumindest so lange, dass ich deiner interessanten Theorie folgen konnte, weshalb sich mein Enkelsohn mir gegenüber als Mr Schroeder ausgegeben hat! Respekt, Justus! Da wäre ich wirklich nicht von selbst drauf gekommen!«
»Mit der Tatsache, dass die Polizei Ihr Telefon abhört, müssen wir uns wohl abfinden, Madam. Sie, Edward und auch wir«, sagte der Erste Detektiv nun etwas leiser.
»Dann war das vorhin am Telefon wohl nur eine Finte, als du mir gesagt hast, dass ihr den Fall aufgeben werdet, oder?« Mrs Candle trat nun näher an die drei Jungen heran. »Bitte sagt mir, dass ich mit meiner Vermutung richtig liege! Ihr könnt mich doch jetzt nicht im Stich lassen! Ich weiß nämlich über alles Bescheid! Heute Morgen hatte ich Besuch von einem gewissen Inspektor Cotta, der mich über Verschiedenes aufgeklärt hat. Er weiß, dass ich euch als Detektive engagiert habe! Und nun weiß ich auch, woher! Er hat unser Telefonat abgehört, Justus! Äußerst unfein!«
Justus nickte.
»Aber ich habe dem Inspektor gegenüber nichts ausgeplaudert und ihn in dem Glauben gelassen, dass ich ein tattriges, naives Dummchen bin«, fuhr die alte Dame fort. »Von euren Ermittlungsergebnissen und Edwards Hinweisen in meinem Adventskalender habe ich kein Sterbenswörtchen fallen gelassen. Ich hoffe doch, das war in eurem Sinne?«
Bob konnte sich ein Schmunzeln nicht verkneifen. »Ein tattriges, naives Dummchen sind Sie mit Sicherheit nicht, Ma-

dam. Und den einen Ausrutscher mit ihrem Enkel am Telefon … nun ja, so etwas kann ja nun wirklich dem besten Detektiv mal passieren!«
»Apropos Ausrutscher!«, entgegnete die alte Dame und hob dabei ein altes Paar Schlittschuhe in die Höhe. »Lassen wir die uns observierenden Polizisten in dem Glauben, dass ihr euch ab jetzt nur noch aus reiner Nächstenliebe mit mir trefft. Machen wir doch vorerst ein kleines Tänzchen auf dem Eis! Wie wir dann weiter vorgehen, können wir ja später immer noch besprechen!«
Peter glaubte, sich verhört zu haben. »Sie können wirklich Schlittschuh laufen, Madam?«
»Es ist bestimmt schon fünfzig Jahre her, dass ich auf dem Eis Pirouetten gedreht habe, aber mit dem Schlittschuhlaufen soll es sich ja so verhalten wie mit dem Fahrradfahren: Das verlernt man nicht! Und die Schuhe habe ich daheim zur Probe schon einmal angezogen! Sie passen noch immer wie angegossen!«
Justus schenkte Mrs Candle sein gewinnendstes Lächeln. »Also schön! Ich bin dabei! Wie sieht's mit euch aus, Kollegen?«
Bob und Peter mussten nicht lange überlegen und stimmten begeistert zu. Bereits wenige Minuten später liefen die drei ??? auf geliehenen Schlittschuhen gemeinsam mit Mrs Candle über die Bahn. Und die zierliche alte Dame zeigte, dass sie die Kunststücke aus ihrer Jugend tatsächlich nicht verlernt hatte.
Justus, Peter und Bob liefen einige Meter hinter ihr und konnten kaum glauben, was sie sahen. »Fantastisch!« Peter

war voller Bewunderung und klatschte begeistert: »Die Primaballerina auf dem Eis!«
In diesem Moment kam von der Seite plötzlich eine Schlittschuhläuferin in gefährlich hohem Tempo auf Mrs Candle zugesaust. Die alte Dame drehte noch immer ihre Königspirouette. Mrs Candle sah die drohende Gefahr, war jedoch nicht mehr in der Lage, rechtzeitig zu reagieren. Die junge Frau prallte gegen Mrs Candle und riss sie mit sich zu Boden.
Der Zweite Detektiv lief sofort zu den beiden gestürzten Frauen und kniete sich hin. Mrs Candle lag mit dem Rücken auf dem Eis und blickte die andere Frau mit weit aufgerissenen Augen an. »Mrs Candle!«, rief Peter ängstlich. »Haben Sie sich verletzt? Können Sie aufstehen?«
Justus und Bob waren herangeglitten und blickten entsetzt zu der alten Dame hinunter.
»Helft mir hoch, Jungs!«, bat sie.
Peter und Bob fassten ihr unter die Arme und richteten sie vorsichtig auf. Mühsam hielt sie sich auf den Beinen und blickte verstört um sich.
»Wo … wo ist sie?«
»Die Frau, die Sie umgestoßen hat?« Bob ließ seinen Blick kreisen. »Sie ist verschwunden! Abgehauen!«
Mrs Candle schien wie weggetreten zu sein. »Das … das kann doch nicht wahr sein … Sie war es. Ganz sicher … Ich habe sie wiedererkannt!«
»Wovon um alles in der Welt sprechen Sie, Madam? So reden Sie doch!« Justus überkam Beklemmung.
»Diese Frau … diese Frau stand vor fünf Jahren vor meiner

Haustür … Sie war es, die mir damals die Nachricht überbracht hat, dass Edward spurlos beseitigt worden wäre! Patricia Handerson! Jetzt fällt mir der Name wieder ein!«
Justus' Herz begann zu pochen wie ein Presslufthammer. »Bob, Peter! Lauft los, ihr müsst diese Frau finden! Unbedingt! Wir müssen herausbekommen, was diese Attacke sollte. Ich bleibe so lange bei Mrs Candle!«
Ohne zu antworten, flitzten die beiden davon und machten sich daran, die geheimnisvolle Fremde aufzuspüren. Doch nach einer mehr als zehnminütigen Suche stand fest: Der Unbekannten war die Flucht geglückt!

Am **14. Dezember** regnete es Bindfäden in Rocky Beach. Missmutig saßen die drei ??? in der Zentrale und zermarterten sich das Hirn, wie sie nun weiter vorgehen sollten.

»Es wird immer verworrener und zugleich immer auswegloser«, stellte Bob frustriert fest: »Da klingelt es vor fünf Jahren an Mrs Candles Haustür und vor ihr steht eine Frau, die sich als Patricia Handerson ausgibt.«

»Dieser Name war doch eh falsch«, sagte Peter gereizt. »Da gehe ich jede Wette ein!«

»Ich wette nicht dagegen, Zweiter.« Bob knackte einige Walnüsse und schob die Kerne für die Allgemeinheit in die Mitte der Tischplatte. »Und dann erzählt sie der alten Dame, dass Edwards Leben vorzeitig beendet worden wäre, weil er seine Schulden nicht zurückzahlen konnte – oder wollte. Sie übt Druck auf Mrs Candle aus, der Polizei nichts von dem erbeuteten Geld zu erzählen, das sich Edward unter den Nagel gerissen hat, mit der Drohung, dass sich die Verbrecher dann an *ihr* rächen würden. Aber dann fährt sie plötzlich die sentimentale Schiene und überreicht unserer Klientin einen Gegenstand aus dem Nachlass ihres Enkelsohnes: ein Album mit Fotos aus Edwards Kindheit, das die alte Dame ihm damals zum siebzehnten Geburtstag geschenkt hat. Mrs Candle wusste, dass er sich von diesem Album nie freiwillig getrennt hätte. Damit wollte Patricia Henderson wohl zeigen, dass Edward Candle tatsächlich tot war!«

»Mir läuft es jedes Mal eiskalt den Rücken hinab, wenn ich daran denke«, kommentierte Peter fröstelnd und schob sich einen Walnusskern in den Mund. »Obwohl wir ja nun wissen, dass die ganze Geschichte ein Schauermärchen war.«

»Aber ein Märchen, das Mrs Candle noch bis vor wenigen Tagen für wahr gehalten hat.« Justus biss vor Zorn die Zähne aufeinander. »Die alte Dame hat diese Lügengeschichte so lange geglaubt, bis fünf Jahre später plötzlich eine Nachricht von Edward im Adventskalender auftaucht, in der steht, dass er noch am Leben sei.«

»Aber wie so vieles in diesem Fall verstehe ich eins nicht«, bemerkte Peter und wischte seine feuchten Hände an den Hosenbeinen ab. »Wie kann jemand verhaftet und verurteilt werden und dann fünf Jahre im Gefängnis sitzen, ohne dass seine wahre Identität aufgeklärt wird?«

»Darüber habe ich mir auch schon den Kopf zerbrochen, Kollegen. Allerdings ohne dabei zu einem vernünftigen Ergebnis zu kommen.« Der Erste Detektiv blickte fragend in die Runde.

Bob runzelte die Stirn.»Dafür ist inzwischen zumindest klar, wann Edward seinen Rachefeldzug an Mr Unbekannt starten wird.«

»Das wissen wir ja, Dritter: am fünften Advent!«, rief sich Peter ins Gedächtnis zurück.

»So ist es. Damit kann nur der Sonntag nach Weihnachten gemeint sein! Wenn wir also ein Verbrechen verhindern wollen – und das ist ja erste Bürgerpflicht –, wird uns nichts anderes übrig bleiben, als an dem Fall dranzubleiben. Egal, ob Cotta es uns verboten hat oder nicht!«

»Richtig, Bob!«, stimmte Justus zu. »Und deshalb –«

»Juuuustus! Justus Jooooonas!«, ertönte es plötzlich vom Schrottplatz herüber.

»So ruft nur eine: deine Tante!«, sagte Peter grinsend.

Justus stand auf und rollte genervt mit den Augen. »Kann man denn nicht einen einzigen Gedanken zu Ende bringen, ohne von ihr gestört zu werden! Was will sie denn nun schon wieder?«

Bob grinste breit. »Du neigst zu maßlosen Übertreibungen, Erster! Komm, wir begleiten dich und geben dir notfalls Rückendeckung!«

Schwerfällig verließ Justus, gefolgt von Bob und Peter, den Wohnwagen durch einen der Geheimgänge und trat auf den Schrottplatz hinaus, wo Mrs Jonas im dichten Regen unter einem Schirm stand und schon ungeduldig nach ihrem Neffen Ausschau hielt.

»Ah, da bist du ja, mein Junge! Vorhin ist mir plötzlich eingefallen, dass hier heute Morgen eine Frau aufgetaucht ist, die auf der Suche nach den drei ??? war! Es schien ihr sehr dringend zu sein. Tja, und da ihr zu diesem Zeitpunkt ja noch in der Schule wart, habe ich ihr vorgeschlagen, heute Nachmittag noch einmal hier vorbeizuschauen. Dieser Termin schien ihr aber nicht sonderlich zu passen. Daher bat sie mich, euch auszurichten, dass sie morgen Nachmittag um vier noch einmal wiederkommen wird.«

Der Erste Detektiv runzelte verwundert die Stirn. »Was für eine Frau, Tante Mathilda? Hat sie denn ihren Namen nicht genannt?«

»Oh doch, mein Junge. Warte … wie hieß sie noch …? Es fällt mir gleich wieder ein … Ja, Handerson! Patricia Handerson! Sagt euch der Name etwas?«

»Ich habe heute Morgen zwischendurch mit Mrs Candle telefoniert«, klärte Justus seine beiden Freunde auf, als sie am **15. Dezember** um kurz vor vier am Eingangstor vor dem Schrottplatz auf das Eintreffen von Patricia Handerson warteten. »Aber, so hat sie mir indirekt zu verstehen gegeben, es sind keine neuen Hinweise aufgetaucht, die zur Lösung unseres Falles beitragen könnten. Bis jetzt wären da also nur der Brief, der Ring und die fünfte Kerze auf dem Adventskranz. Das reicht leider noch nicht aus, um daraus wirklich Schlüsse zu ziehen.«
»Aber irgendetwas müssen diese Hinweise doch zu bedeuten haben. Du hast doch sonst immer eine Theorie parat, Erster. Wieso nicht in diesem Fall?«
»Und ob ich die habe, Bob: Meine Theorie lautet, dass Edward die Hinweise an seine Großmutter mit Absicht in so kleinen Häppchen und längeren Zeitabständen streut, damit sich das Gesamtbild erst an einem ganz bestimmten Datum ergibt.«
Peter stutzte. »An einem ganz bestimmten Datum? Damit kann doch nur der fünfte Advent gemeint sein!«
»Darauf scheint das Spiel hinauszulaufen.« Justus warf einen prüfenden Blick auf seine Armbanduhr. Wenn Patricia Handerson pünktlich eintreffen wollte, blieben ihr noch zwei Minuten.
»Ein Spiel?«, hinterfragte Bob kritisch. »Eine etwas unpassende Beschreibung dafür, dass Edward dieses Datum vorgesehen hat, um sich, auf welche Weise auch immer, an einer uns noch unbekannten Person zu rächen.«
Peter verzog das Gesicht. »Ich mag mir das gar nicht erst

ausmalen. Die Woche zwischen Weihnachten und Silvester wollte ich eigentlich mal einfach nur ausspannen.«

»Wie hast du eigentlich das Telefonat mit Mrs Candle gehandhabt?«, wandte sich Bob an Justus, ohne auf Peters Kommentar weiter einzugehen. »Ich meine, offiziell haben wir den Fall ja niedergelegt. Ihr Telefon wird doch aber weiterhin abgehört?«

»Eine meiner leichtesten Übungen«, feixte Justus. »Die harmlose Frage meinerseits, ob ihr die Nachbarskatze wieder eine tote Maus vor die Tür gelegt hat, war ja nicht weiter verdächtig, oder? Und unsere Klientin hat dazugelernt, Kollegen! Sie hat sich wie ein Vollprofi verhalten und sich nicht verplappert! Sie weiß jetzt, wie wir uns am Telefon zu verständigen haben: kein Fall, kein Edward und keine Detektive!«

In diesem Moment zuckte Bob zusammen und deutete zur linken Seite der Fahrbahn. »Da naht ein Taxi, Freunde!«

Kurz darauf kam der Wagen vor dem Schrottplatztor zum Stehen. Eine groß gewachsene, schlanke Frau stieg aus, bezahlte den Taxifahrer durch das geöffnete Beifahrerfenster und trat dann auf die drei ??? zu.

»Hallo! Da bin ich ja froh, dass Mrs Jonas so zuverlässig war und euch mein Kommen angekündigt hat! Darf ich mich vorstellen: Patricia Handerson! Aber ihr könnt ruhig Patricia zu mir sagen!« Freundlich streckte sie den Jungen ihre Hand entgegen. Doch Justus, Bob und Peter ignorierten diese Geste und blickten sie stattdessen prüfend an.

»Nanu? Habe ich etwa Ausschlag an den Händen? Na, dann eben nicht!« Pikiert ließ sie ihren Arm sinken. »Darf man erfahren, weshalb ihr mir gegenüber so frostig seid?«

Nun platzte Peter endgültig der Kragen. »Na hören Sie mal! Vor zwei Tagen haben Sie unsere Freundin Mrs Candle auf der Schlittschuhbahn über den Haufen gefahren und hatten dann nichts Besseres zu tun, als blitzschnell das Weite zu suchen! So was nennt man wohl Unfallflucht! Und dann erwarten Sie, dass wir hier für Sie den roten Teppich ausrollen? Vergessen Sie's!«

Miss Handerson wich verstört einen Schritt zurück. »Das ist ja wohl nur die halbe Wahrheit! Ich bin nicht geflüchtet, sondern bin zur Sanitätsstation geschlittert, um mich dort behandeln zu lassen. Beim Sturz hatte ich mir nämlich gehörig das Knie verletzt!«

»Mir kommen gleich die Tränen!«, entgegnete Bob sarkastisch. »Mit dem verletzten Knie waren Sie aber ziemlich rasant von der Bildfläche verschwunden, wenn ich das mal bemerken darf!«

»Jetzt hört schon auf!«, ging Justus vehement dazwischen. »Wichtig ist doch momentan nur eins: Was führt Sie zu uns, Miss Handerson?«

Ein leichtes Zucken fuhr durch ihr Gesicht. »Müssen wir das unbedingt hier auf der Straße besprechen?«

»Wir haben nicht das Geringste zu verbergen«, entgegnete Justus stur. »Apropos verbergen, Miss Handerson, oder wie Sie auch immer heißen mögen: Wie haben Sie eigentlich unsere Adresse herausgefunden? Sind Sie uns vorgestern von der Schlittschuhbahn gefolgt?«

Verunsichert ließ sie die Hände in den Taschen ihres Trenchcoats verschwinden. »So ist es. Und ich spiele mit offenen Karten: Ich bin Edward Candles Freundin. Wie ihr sicher schon wisst, ist er vor einigen Tagen aus dem Gefängnis entflohen.«

»Wir sind lediglich über die Flucht eines gewissen Charly Gordon informiert«, entgegnete Justus und blickte der Frau dabei fest in die Augen. »Aber dieser Name sagt Ihnen offenbar auch etwas, richtig?«

Miss Handerson hielt Justus' Blick stand. »Selbstverständlich. Aber ich kenne den Namen nur aus den Zeitungsberichten, die über Edwards Gefängnisausbruch erschienen sind. Ich habe nicht den blassesten Schimmer, warum er darin unter einem anderen Namen auftaucht.«

»Ihre Geschichte kommt total glaubhaft rüber!«, spottete Peter. »Zumal Sie doch diejenige sind, die Mrs Candle damals die geschmacklose Nachricht von Edwards furchtbarem Tod überbracht hat!«

Miss Handerson fragte überrascht: »Darüber wisst ihr Bescheid?«

»Nein, wir tun nur so!«, entgegnete Bob und verschränkte die Arme. »Was führt Sie denn nun zu uns?«

»Also schön«, setzte sie zu einer Erklärung an. »Ich muss mit Mrs Candle sprechen. Unbedingt! Weil ich weiß, dass sie und ihr Haus rund um die Uhr von Polizisten überwacht werden, habe ich vorgestern auf der Eisbahn den Crash verursacht. Ich wollte ihr heimlich eine Nachricht zustecken. Doch dann seid ihr drei dazugekommen, woraufhin ich Panik bekam und in einer Kurzschlusshandlung geflohen bin!« Sie zog aus der Tasche ihres Trenchcoats einen Briefumschlag und hielt ihn Justus entgegen. »Hier, diese Nachricht müsst ihr Mrs Candle unbedingt zukommen lassen!«

Justus zögerte einen Moment, dann griff er nach dem Kuvert. »Wie können wir Sie kontaktieren, Miss?«
»Wir werden uns wiedersehen«, raunte sie mit einem geheimnisvollen Augenaufschlag. Dann wandte sie sich um und eilte mit schnellen Schritten davon.

Entsetzt schlug sich Peter an die Stirn. »O nein! Am **16. Dezember** hat Kelly Geburtstag! Das ist ja heute! Warum hat sie mich denn nicht unauffällig daran erinnert? Wir haben doch gestern Abend noch miteinander telefoniert! Verflixt! Und ich habe kein Geschenk für sie! Das muss ich unbedingt noch besorgen! Und zwar am besten sofort!«
Die drei ??? hatten sich an diesem Nachmittag zu einer Lagebesprechung im Eiscafé am Marktplatz eingefunden und tranken genüsslich Milkshakes mit der neuen Eissorte Lebkuchen-Zimt. Als Peter aber von seinem Platz aufsprang und sich Hals über Kopf von seinen beiden Freunden verabschieden wollte, wurde er von Justus mit Nachdruck zurückgehalten.
»Halt, Zweiter! Zumindest einen wichtigen Punkt habe ich euch heute noch mitzuteilen. Danach kannst du dich meinetwegen aufmachen, um für Kelly in der völlig überfüllten Stadt nach einem passenden Geschenk zu suchen!«
»Wie jetzt? Peter kriegt Ausgang? Dann ziehe ich aber auch noch mal los! Weihnachten steht vor der Tür und Jacky würde sich bestimmt auch über ein Geschenk –«
»Bob! Wer um alles in der Welt ist Jacky?«, hakte Peter interessiert nach.
Dem dritten Detektiv stieg eine leichte Röte ins Gesicht. »Oh … ich, äh … habe ich euch noch nicht von Jacky erzählt? Sie arbeitet als neue Aushilfskraft in der Stadtbibliothek, hat blonde Haare und …«
»So genau wollen wir es gar nicht wissen, du Schwerenöter«, winkte Justus mit einem Grinsen ab. »Aber bevor ihr losziehet, noch eine wichtige Sache: Ich habe mit Mrs Candle

verabredet, dass wir uns morgen zu einem gemeinsamen Essen im Golden Sushi Temple, dem japanischen Restaurant am Winona Boulevard, treffen. Dort werden wir ihr das Kuvert von Patricia Handerson überreichen.«

»Und warum nicht früher, Erster? Ich meine, du bist doch bestimmt genauso zum Platzen gespannt, was darin steht, wie wir?«

»Ein früherer Termin war meiner Meinung nach nicht ratsam, Bob. Schließlich wollen wir den Polizisten, die unsere Klientin überwachen, nicht den Eindruck vermitteln, dass wir im Candle-Fall noch immer tätig sind. Schon das Treffen auf der Schlittschuhbahn war da echt grenzwertig.«

Bob stand auf und streifte sich seine Jacke über. »Okay, dann machen Peter und ich uns mal auf den Weg und werfen uns ins Konsum-Getümmel. Und was unternimmst du in der Zwischenzeit, Erster?«

»Ich werde mich wohl notgedrungen zu Hause an meinen Schreibtisch setzen müssen und überlegen, was ich Tante Mathilda und Onkel Titus schenken kann. Denn im Gegensatz zu euren Liebsten bestehen meine Verwandten ja auf etwas Selbstgebasteltem!«

Peter atmete erleichtert auf. »Den 16. Dezember werde ich rot in meinem Kalender anstreichen! Ich glaube, das ist der erste Tag in diesem Fall, an dem nichts Aufregendes passiert!«

Der Golden Sushi Temple war an diesem **17. Dezember** bis auf den letzten Platz besetzt. Offensichtlich saß in der Weihnachtszeit vielen Menschen das Geld locker in der Tasche. In weiser Voraussicht hatte Justus in einer ruhigen Ecke einen Tisch reserviert.

Zur Überraschung der drei ??? hatte sich Mrs Candle für den Restaurantbesuch landestypisch in Schale geworfen. Sie trug einen weinroten Kimono, hatte sich das Gesicht weiß gepudert und eine schwarze Perücke aufgesetzt.

Peter blieb vor Erstaunen der Mund offen stehen.

»Da staunt ihr, was?«, flötete die alte Dame und präsentierte sich stolz den drei Jungen. »Als ich vorhin in diesem Aufzug mein Haus verlassen habe, haben die Polizisten, die mein Haus beschatten, ziemlich dumm aus der Wäsche geguckt. Vermutlich denken sie jetzt, dass ich nicht mehr alle Tassen im Schrank habe! Aber offen gestanden war das auch meine Absicht. Unterschätzt lebt es sich leichter. Und wenn sie glauben, dass ich sie nicht bemerkt habe, halten sie mich eh für meschugge!«, lachte sie. Sie senkte die Stimme. »Vermutlich habt ihr schon längst bemerkt, dass uns auch hierher eine Beamtin in Zivil gefolgt ist.«

»Eine Polizistin? Wo denn?«

Peter wollte sich umdrehen, doch Justus versetzte ihm einen unauffälligen Stoß in die Seite und zischte: »Nicht hinschauen! Sie sitzt vorne an der Bar. Zum Glück sind alle anderen Plätze besetzt. Und der Tresen ist so weit von uns entfernt, dass sie uns zwar sehen, aber nicht belauschen kann!«

»Und woher weißt du, dass sie eine Polizistin ist, Erster?«, hakte Bob im Flüsterton nach.

»Weil mir dieselbe Frau bereits vor vier Tagen auf der Eisbahn aufgefallen ist. Sie stand die ganze Zeit am Rand und hatte ständig Mrs Candle im Visier. Zu dem Zeitpunkt war ich mir noch nicht hundertprozentig sicher. Aber da sie jetzt auch hier aufgetaucht ist, gibt es wohl keinen Zweifel mehr.«
Mrs Candle rückte noch einmal ihre Perücke zurecht und nahm dann zusammen mit den Jungen Platz. Erst als der Kellner die Bestellung aufgenommen hatte und wieder davongeeilt war, zog Justus unauffällig das Kuvert aus seiner Tasche und schob es der alten Dame über den Tisch zu.
»Die Schatten der Vergangenheit scheinen keine Ruhe zu geben, Madam. Diesen Umschlag hier hat uns vorgestern die Frau überreicht, die mit Ihnen auf der Schlittschuhbahn zusammengestoßen ist: Patricia Handerson. Ihrer Aussage nach hat sie den Crash nur verursacht, um Ihnen dieses Kuvert heimlich zustecken zu können. Aber dann sind wir ihr in die Quere gekommen. Später ist sie uns dann gefolgt und hat uns gebeten, Ihnen den Umschlag auszuhändigen.«
»Die Dame behauptet übrigens, Edwards Freundin zu sein«, sagte Bob. »Sie geht davon aus, dass Sie von der Polizei überwacht werden, Madam. Deshalb hat sie uns wohl auch als Boten eingesetzt. Das Risiko, die Aufmerksamkeit der Polizei zu erregen, wenn sie direkt mit Ihnen in Kontakt tritt, ist ihr vermutlich zu groß.«
Als die Dame sich daran machte, den Umschlag zu öffnen, begannen ihre Hände unübersehbar zu zittern. »Diese Frau hat mich über den Tod meines Enkels belogen und mir so den größten Schmerz bereitet. Wenn sie jetzt glaubt, sich bei

mir entschuldigen zu können, und sich einbildet, dass ich ihr verzeihe, dann hat sie sich gründlich getäuscht!«
Wortlos beobachteten die drei ???, wie Mrs Candle dem Kuvert eine Karte entnahm und zu lesen begann. Dann reichte sie die Karte an Justus weiter. Der Text lautete:

Sehr geehrte Mrs Candle,

ich weiß, dass Sie mich nie vergessen haben und glaube, dass ich Ihnen nach all den Jahren eine Erklärung dafür schulde, weshalb ich damals die grausame Lüge über Edwards Tod erzählen musste.
Wenn Sie die Wahrheit erfahren möchten, kommen Sie am 19. Dezember nachmittags um vier Uhr zum Santa Monica Pier und lösen Sie dort ein Ticket für das Riesenrad. Ich zähle auf Ihr Erscheinen.

Hochachtungsvoll
Patricia Handerson

P.S.: In Ihrem und Edwards Interesse wäre es nicht ratsam, die Polizei hinzuzuziehen.

Nachdem Justus seinen Freunden den Text leise vorgelesen hatte, schob er die Karte in den Umschlag zurück und reichte ihn Mrs Candle. »Fühlen Sie sich dazu imstande, dieser Frau noch einmal von Angesicht zu Angesicht gegenüberzutreten, Madam?«
Die alte Dame verengte ihre Augen und ballte die Fäuste.

»Ich kann es, ehrlich gesagt, kaum erwarten …«
»Aber um sicherzugehen, dass Sie ihr vor Hass nicht gleich die Gurgel umdrehen«, fügte Bob besänftigend lächelnd hinzu, »werden wir Sie zu diesem Treffen selbstverständlich gerne begleiten.«
In diesem Moment trat der Kellner an den Tisch und servierte die Speisen. Eine Stunde später, als sich die drei ??? und Mrs Candle daranmachten, das Restaurant wieder zu verlassen, erhob sich die Frau, die Justus und die alte Dame als Polizistin ausgemacht hatten, von ihrem Barhocker und stellte sich den vieren in den Weg. »Mrs Candle?«
»Ja?«
Die Frau zog einen Ausweis aus ihrer Tasche und hielt ihn der alten Dame dicht vor die Nase. »Santa Monica Police Department. Der junge Mann hier« – sie deutete auf Justus – »hat Ihnen vorhin einen Umschlag überreicht. Ich muss Sie auffordern, mir dieses Beweisstück umgehend auszuhändigen!«
»Na hören Sie mal!«, erboste sich Mrs Candle und umklammerte dabei fest ihre Handtasche. »Dieser Brief ist reine Privatsache!«
»Leisten Sie bitte keinen Widerstand, sonst muss ich Sie mit aufs Revier nehmen. Und das werden Sie doch nicht wollen, oder?« Fordernd hielt sie der alten Dame ihre Hand entgegen. »Geben Sie mir den Brief.«
Mrs Candle zögerte kurz. Doch dann öffnete sie schweren Herzens ihre Handtasche und entnahm ihr das Kuvert. Die Polizistin griff danach und ließ es in der Innentasche ihrer Jacke verschwinden.

»Nach eingehender Prüfung erhalten Sie Ihr Eigentum selbstverständlich wieder zurück!«
Mit diesen Worten wandte sich die Polizistin um und verließ mit schnellen Schritten das Restaurant.

Peter klopfte sich in der Zentrale vor Lachen kräftig auf die Schenkel. »Ich fasse es nicht! Ich könnte mich immer noch beölen! Der Polizeibericht vom **18. Dezember** lautet bestimmt: Einer genialen und äußerst listigen Polizeibeamtin – nennen wir sie der Situation entsprechend Irene Loser – gelang gestern Abend im japanischen Golden Sushi Fresstempel in Hollywood die Beschlagnahme eines äußerst wichtigen und beweiskräftigen Dokuments! In dem Kuvert, das sie der 86-jährigen Lydia Candle unter dramatischen Umständen abnehmen konnte, befand sich ein auf einer Karte aufgeklebter Strohstern, unter dem zu lesen war: ›*Ihnen, Mrs Candle, wünsche ich ein äußerst friedvolles und harmonisches Weihnachtsfest! Mögen Sie weiterhin so jung und agil bleiben, wie Sie es uns auf der Schlittschuhbahn so vorbildlich demonstriert haben! Alles Liebe, Justus Jonas.*‹ Für die Sicherstellung dieses bedeutungsvollen Corpus Delicti wird der neunmalklugen Polizeibeamtin der heißbegehrte Verlierer-Orden in Gold verliehen!«

»Schade, dass wir ihr Gesicht nicht sehen konnten, als sie die Karte aus dem Umschlag gezogen hat! Das hätte ich zu gerne fotografiert und das Bild in unser Kuriositäten-Sammelalbum geklebt! Wenn wir denn eins hätten, wohlgemerkt.« Bob strahlte über das ganze Gesicht. »Alle Achtung, Erster! Ein zweites, völlig identisch aussehendes Kuvert vorzubereiten und darin eine harmlose Weihnachtskarte zu deponieren – echt clever! Und diesen falschen Umschlag dann Mrs Candle unterzuschieben war wirklich filmreif!«

»Und vergesst dabei nicht den wunderschönen Strohstern, den ich in mühevoller Handarbeit selbst gebastelt habe! Das

Hauptziel war es schließlich, den Weihnachtsgruß absolut authentisch aussehen zu lassen!«

»Spitze, Just! Vorbildliche Leistung!« Peter klopfte dem Ersten Detektiv anerkennend auf die Schulter. »Aber wie bist du nur auf diesen raffinierten Schachzug gekommen?«

»Nun ja«, verkündete Justus nicht ohne Stolz. »Es barg ja von Anfang an ein großes Risiko, sich mit Mrs Candle zu treffen, um ihr unbemerkt diesen Brief zukommen zu lassen. Schließlich werden sie und ihr Haus rund um die Uhr observiert.«

»Weil die Polizisten auf eine Gelegenheit warten, Edward festzunehmen. Sie glauben – zu Recht – dass er früher oder später aus der Deckung kommen wird, um Kontakt zu seiner Großmutter aufzunehmen. Das wissen wir ja bereits, Just. Weiter!«

»Nur nicht so ungeduldig, Bob! Ich fasse mich ja schon kurz! Also: Es war völlig klar, dass die Polizei jemanden auf Mrs Candle ansetzt, wenn sie, wie gestern, ein Restaurant besucht. Deswegen war auch absehbar, dass, wenn wir der alten Dame ein Kuvert übergeben, sie sich dafür interessieren und es gegebenenfalls sogar konfiszieren würden. Und da bin ich auf diesen einfachen, aber wirkungsvollen Taschenspielertrick gekommen!«

Bob meldete Bedenken an: »Okay, es ist uns in der Candle-Affäre nun zum wiederholten Mal gelungen, die Polizei an der Nase herumzuführen und zu täuschen. Aber meinst du, Just, dass wir uns damit wirklich einen Gefallen tun? Wir sollten meiner Meinung nach nicht aus den Augen verlieren, wovor uns Cotta so eindringlich gewarnt hat. Edward Candle hat einen schweren Raubüberfall verübt und ist auch nicht davor zurückgeschreckt, mit einer Schusswaffe eine unschuldige Passantin lebensgefährlich zu verletzten! Und wir haben während unserer verdeckten Ermittlungen nichts Besseres zu tun, als die Polizei auf Abstand zu halten. Wenn dieses Handeln mal nicht zum Bumerang für uns wird, wenn du verstehst, was ich meine.«

»Für morgen brauchst du dir aber nicht die geringsten Sorgen zu machen, Bob. Denn solange wir uns am Santa Monica Pier in Mrs Candles Nähe aufhalten, wird immer ein wachsamer Polizist in der Nähe sein.« Justus grinste selbstbewusst. Doch so sicher, wie er sich seinen beiden Freunden gegenüber gab, fühlte er sich in Wahrheit ganz und gar nicht …

Am **19. Dezember** trafen die drei ??? und Mrs Candle kurz vor vier Uhr nachmittags am Santa Monica Pier ein. Am Nachmittag war ein starker Wind aufgekommen, der kalte Meeresluft vom Pazifik mitbrachte und die vielen Besucher frösteln ließ. Doch trotz des kühlen Wetters war der Pier voller Menschen. Vor allem beim Riesenrad, das an der Südspitze des kleinen Vergnügungsparks stand, drängten sich die Besucher.

Aber Justus marschierte zunächst zu einer der Buden: dem Riptide Ring Toss. Mit einer Behändigkeit, die ihm Peter und Bob niemals zugetraut hätten, gelang es Justus schon im zweiten Versuch, einen Ring über eine der 187 eng aufgestellten grünen Flaschen zu werfen. Der Preis: eine riesige Stoffpuppe von Homer Simpson, die fast so groß war wie Mrs Candle. Seine Kollegen sahen den Ersten Detektiv verständnislos an: »Justus? Was willst du denn damit?«

»Wartet's ab«, lautete die knappe Antwort. Peter ging zur Kasse, um Karten für das Riesenrad zu lösen. »Kauf eine mehr«, bat ihn Justus.

»Willst du etwa Patricia Handerson einladen?«, fragte Peter noch, da ertönte hinter ihnen eine leise Stimme: »Seid ihr die persönliche Leibwache?«

Justus drehte sich um und blickte in das Gesicht der Frau, die sich ihnen vor vier Tagen als Patricia Handerson vorgestellt hatte. »So ist es«, entgegnete er kühl und stellte sich demonstrativ neben Mrs Candle. »Und Sie werden uns vermutlich gleich noch dankbar sein, dass Sie uns dabeihaben.«

»Wie meinst du das?«

»Das werden Sie schon gleich verstehen. Und jetzt sollten Sie schnell ein Ticket lösen!«

Miss Handerson schaute genauso verständnislos wie Peter und Bob, während Justus unauffällig in Richtung der Buden deutete. Aus der Menge näherte sich dem Riesenrad eine Frau, die den drei ??? und Mrs Candle noch in guter Erinnerung war. Mit schnellen Schritten kam sie herangeeilt.

»O nein! Polizei! Das darf doch nicht wahr sein! Los, doch!«, drängte Justus Miss Handerson zur Eile. »Holen Sie sich eine Karte. Denn wenn Sie glauben, dass *wir* Ihnen die spendieren, sind Sie auf dem Holzweg!«

Hastig löste Miss Handerson das Ticket, während der Erste Detektiv die anderen zu den Gondeln des Riesenrads scheuchte. »Los, Kollegen, hinein mit euch! Sie auch, Mrs Candle! Warten Sie, ich helfe Ihnen!«

»Homer Simpson muss aber unten bleiben«, stellte sich der bullige Kontrolleur Justus in den Weg. »Der ist ja so groß, der bräuchte einen eigenen Platz.«

»Ihr Wort in Gottes Ohr, Sir!«, sagte Justus. »Mein Freund hat extra eine Karte für ihn gelöst.« Der Kontrolleur lachte. Die fünf nahmen in der Gondel Platz und gaben der riesigen Puppe einen Ehrenplatz auf der Bank. Gerade als der Kontrolleur die Gondel verriegelt hatte, war eine schrille Stimme zu hören. »Halt! Ich muss da auch noch mit!« Aufgeregt sprang die Frau auf die Gondel zu, doch der Kontrolleur hielt sie zurück.

»Nichts zu machen. Schauen Sie mal auf das Schild am Eingang: *Aus Sicherheitsgründen nur sechs Personen pro Gondel!* Und in dieser Gondel haben wir genau sechs zahlende Fahr-

gäste. Haben diese Leute denn etwas ausgefressen? Sollen Sie wieder aussteigen?«
»Nein … verbrochen haben sie nichts. Aber ich muss –«
Der Kontrolleur winkte entschieden ab. »Dann treten Sie bitte zurück!« Er drückte einen Knopf und die Gondel setzte sich in Bewegung.
Justus triumphierte. »Man muss eben Schilder lesen können! Verstehen Sie nun, Miss Handerson, dass wir Ihnen als Mrs Candles Leibgarde von großem Nutzen sind?«
Patricia Handerson sagte nichts und blickte zur völlig verdutzten Polizeibeamtin hinab, der Peter feixend zuwinkte. »Bis später! War nett, Sie mal wiederzusehen!« Verbittert stapfte die Polizistin davon.
»Sie weiß, dass sie uns von der nächsten Gondel aus nicht belauschen kann, und für eine Verhaftung hat sie nicht genug in der Hand«, grinste Peter.
Während sie in die Höhe schwebten, sahen sich alle wortlos an. Es machte den Anschein, als ob jeder vom anderen erwartete, dass er endlich das Schweigen bräche. Nur Homer Simpson wirkte völlig unbeteiligt. Doch dann platzte es aus Mrs Candle heraus: »Dass Sie es überhaupt wagen, mir noch einmal unter die Augen zu kommen! Haben Sie überhaupt die geringste Vorstellung davon, was Sie mir damals mit Ihrer unglaublichen Lüge angetan haben?« Ihr traten die Tränen in die Augen. »Wie konnten Sie es nur mit Ihrem Gewissen vereinbaren, mir die Nachricht von Edwards Tod zu überbringen, obwohl Sie doch als seine angebliche Freundin ganz sicher wussten, dass er lebte und im Gefängnis saß!«
Miss Handerson sah verschämt zu Boden. »Eben deshalb

habe ich ja dieses Treffen arrangiert. Ich habe Ihnen eine Menge zu sagen.«

»Ach? Das fällt Ihnen ja reichlich früh ein!«, fuhr Bob die Frau an. »Und woher kommt dieser plötzliche Sinneswandel, wenn ich mich mal kurz einschalten darf?«

Miss Handerson blickte auf. »Edward hatte damals diesen schrecklichen Raubüberfall auf den Geldtransporter verübt. Er stand kurz vor seiner Verhaftung. Die Polizeiwagen hielten schon vor seiner Wohnung und ihm blieben nur ein paar Minuten Zeit, um alles zu regeln.«

»Um *was* zu regeln?«, hakte Peter nach.

»Er wollte die erbeuteten zwei Millionen Dollar nicht mit seinen Komplizen teilen, sondern sie sich nach der Verbüßung seiner Haftstrafe allein unter den Nagel reißen. Deshalb hat er das Geld in Sicherheit gebracht – und sah sich dann dazu gezwungen, vor seiner Inhaftierung seinen eigenen Tod zu inszenieren, damit seine Komplizen nicht weiter versuchen würden, ihm das Geld wieder abzujagen.«

»Wie, und das hat er alles in ein paar Minuten geschafft?«, fragte Bob ungläubig, hielt aber erschrocken inne, als er sah, dass Mrs Candle mit den Tränen kämpfte. Hasserfüllt blickte sie Miss Handerson an. »Das ist eine infame Lüge! Niemals wäre mein Enkelsohn in der Lage gewesen, eine unschuldige Passantin niederzuschießen! Um keinen Preis der Welt!«

»Jeder Mensch hat seine dunklen Seiten, Madam«, wandte Patricia Handerson leise ein. »Ich auch. Deshalb ließ ich mich von Edward dazu hinreißen, Sie aufzusuchen und Ihnen von seinem schrecklichen Tod zu berichten.«

Mit einem Ruck war das Riesenrad stehen geblieben, und die drei ??? sahen, wie die Passagiere in den anderen Gondeln beunruhigt zu Boden blickten. Warum ging es nicht weiter? Aber Peter trieb eine andere Frage um: »Wieso um alles in der Welt haben Sie das getan? Warum mussten Sie seiner einzigen noch lebenden Verwandten diese geschmacklose Geschichte auftischen?«

»Gerade *weil* sie Edwards einzige Verwandte war! Mir war klar, dass sie mit meiner Geschichte zur Polizei gehen und sie so quasi offiziell machen würde. Seine Komplizen wussten ja, dass ihm die Kredithaie auf den Fersen waren, da war die Geschichte von seinem grausamen und plötzlichen ›Verschwinden‹ schon glaubwürdig. Meine große Sorge war doch: Es gibt ja Mittel und Wege, um auch jemandem, der im Gefängnis sitzt, das Leben zur Hölle zu machen. Ich wollte verhindern, dass seine Komplizen ihn aus der Ferne in die Mangel nehmen lassen, um aus ihm herauszupressen, wo er die Beute versteckt hat!«

»Verstehe«, sagte Bob, obwohl sich alles in ihm wehrte, diesen eiskalten Plan nachzuvollziehen. »Und deshalb haben Sie sich auch die Geschichte mit dem spurlosen ›Verschwinden‹ ausgedacht. Es durfte schließlich keine Leiche geben. Einen Flugzeugabsturz oder eine Hausexplosion hätten Sie sicherlich nicht so ohne Weiteres aus dem Hut zaubern können, denn das hätte sich ja belegen lassen.«

Miss Handerson nickte. »Das alles war Edwards Idee gewesen. Ihm blieb, wie gesagt, nicht viel Zeit, sich eine schlüssigere Geschichte auszudenken, da die Polizisten bereits das Treppenhaus gestürmt hatten. Es war ja auch viel Glück dabei: Weil seine Komplizen direkt nach dem Überfall untergetaucht waren, haben sie die Berichte, in denen seine Verhaftung erwähnt wurde, nicht mitbekommen. Sonst hätten sie ja gewusst, dass er noch am Leben war.«

»Mein Vater sagt immer: keinen Tag ohne Los Angeles Post!«, warf Bob hämisch ein.

»Und der Prozess«, fuhr Patricia Handerson ungerührt fort, »hat es nie bis in die Medien geschafft, weil zur selben Zeit das Gerichtsverfahren gegen diesen berühmten Basketballspieler lief, der seine Frau – na, ihr wisst schon. Das war ein Riesenrummel damals, da war selbst eine Beute von zwei Millionen Dollar irgendwie nebensächlich. Für Edward natürlich nicht: Ihm ging es hauptsächlich darum, dass ihm das Geld erhalten blieb. Nach seiner Entlassung wollte er ein reicher Mann sein. Und ich habe ihn dabei aus Liebe unterstützt und mitgespielt.«

Peter schüttelte immer wieder ungläubig den Kopf. »Da tun sich ja Abgründe auf! Mussten Sie denn nicht stundenlange Verhöre vonseiten der Polizei über sich ergehen lassen? Die haben Sie doch als Edwards Freundin bestimmt heftig in die Mangel genommen, oder?«

»Nicht eine Sekunde«, gab Miss Handerson bereitwillig Auskunft. »Von meiner Existenz wusste die Polizei doch gar nichts!«

Justus stutzte kurz. »Aber Ihre Schilderung klang eben so detailliert, als wären Sie während Edwards Verhaftung bei ihm gewesen.«

»Anwesend war ich schon. Aber nur per Telefon«, erklärte sie weiter. »So gab er mir auch Anweisungen, wie ich mich zu verhalten hätte. Insbesondere, und das war das Schwerste für mich, befahl er mir, ihn im Gefängnis unter keinen Umständen zu besuchen, damit nicht der geringste Verdacht einer Beziehung zwischen uns beiden aufkommen konnte. Darunter habe ich die letzten Jahre am meisten gelitten.«

Mrs Candle presste verbittert die Lippen zusammen. »Mein Mitgefühl hält sich in Grenzen!«

»Darüber bin ich mir im Klaren …«

»Wissen Sie denn, wo er die Beute aus dem Raubüberfall versteckt hat?«, fragte der Erste Detektiv geradeheraus.

Miss Handerson lachte schrill. »Bist du wahnsinnig? Edward hat dieses Geheimnis keiner Menschenseele anvertraut. Und ehrlich gesagt bin ich auch verdammt froh darüber, dass ich es nicht weiß!«

»Okay«, antwortete Justus und begann, seine Unterlippe zu kneten – wie immer, wenn er stark nachdachte. »Und wie es Edward angestellt hat, sich eine neue Identität zuzulegen, mit der er Polizei, Justiz und Gefängnisverwaltung täuschen konnte, darüber ist Ihnen tatsächlich nichts bekannt?«

»Nein! Das habe ich euch doch schon bei unserem letzten Treffen gesagt! Ich habe darüber erst aus der Zeitung erfahren.«

»Tja, der besagte Zeitungsartikel …«, dachte Bob laut nach. »Durch das Fahndungsfoto von Edward ist seine falsche Identität als Charly Gordon natürlich sofort aufgeflogen. Und deshalb konnte er auch nicht bei seiner Großmutter untertauchen. Denn die, Miss Handerson, wird seit Edwards Flucht aus dem Gefängnis nonstop überwacht.«

»Was mir natürlich auch so ergehen wird, wenn die Bullen

davon Wind bekommen, dass ich Edwards Freundin bin.« Miss Handerson sah die drei ??? und Mrs Candle flehend an. »Ich weiß, dass ich mich ebenso wie Edward eines schweren Vergehens schuldig gemacht habe. Und ich verspreche hiermit hoch und heilig, dass ich mich selbst bei der Polizei anzeigen werde. Aber im Interesse von Edward sollten wir damit so lange warten, bis er sich entweder selbst gestellt hat oder die Polizei ihn, was ich ihm natürlich nicht wünsche, aufgreift.« Wieder warf sie den vieren bittende Blicke zu. »Kann ich bis dahin mit eurer Diskretion rechnen?«

Peter, Bob und Mrs Candle sahen statt einer Antwort nur Justus an.

»Logisch ist das nicht, Miss Handerson«, sagte Justus. »Entweder Sie sagen tatsächlich die Wahrheit und Edward ist ein gefährlicher Verbrecher, was ich nicht ganz glauben kann, dann dürfen wir das ›Interesse von Edward‹ nicht mehr länger im Blick haben. Oder Sie lügen – und haben hier ein ganz bestimmtes Eigeninteresse.« Justus knetete seine Unterlippe. In diesem Moment setzte sich das Riesenrad wieder in Bewegung. Die Passagiere in den anderen Gondeln klatschten erleichtert.

»Ich weiß aber noch nicht, was dieses Eigeninteresse sein könnte“, fuhr Justus ungerührt fort. „Vielleicht ist es besser, nichts zu präjudizieren. Reduzieren wir also die Komplexität.«

»Häh? Was willst du uns jetzt damit sagen, Justus?«, fragte Peter.

»Wir werden vorerst nicht von uns aus aktiv werden«, erklärte der Erste Detektiv.

»Schon klar, du willst den Fall selbst lösen«, sagte Peter.
Justus sah ihn strafend an und wischte seinen Einwurf mit einer Handbewegung beiseite. Dann wandte er sich wieder Patricia Handerson zu: »Aber sobald Edward auf der Bildfläche erscheint, werden Sie in vollem Umfang für das geradestehen müssen, was Sie verbrochen haben.«
Miss Handerson hob die Hand zum Schwur. »So wahr ich hier sitze: Darauf könnt ihr euch verlassen!«
»Schön«, murmelte Justus nachdenklich. »Und wenn ich es mir recht überlege, könnten Sie uns vielleicht sogar nützlich sein.«
»Nützlich?« Miss Handerson horchte auf. »Wobei?«
»Darüber werde ich Sie später informieren«, entgegnete der Erste Detektiv geheimnisvoll.

»Jetzt haben wir schon den **20. Dezember**, Just, und der Fall wird immer verworrener und undurchsichtiger!«
»Ganz meine Meinung, Zweiter! Zumal es, glaube ich, noch nie einen Fall gegeben hat, an dem wir länger zu knobeln hatten als an diesem!«
»Nun kriegt euch mal wieder ein, ihr beiden!«, murmelte Justus, während er in der Zentrale vor dem Rechner saß und emsig tippte. »In den vergangenen Tagen sind doch noch eine Menge Informationen hinzugekommen. Und in meinem Kopf fügen sich diese langsam, aber sicher zu einem Gesamtbild.«
Der Zweite Detektiv kannte diese Art Reden nur allzu gut, und obwohl er die Antwort bereits wusste, stellte er dennoch die Frage, die Justus nun hören wollte.
»Aber darüber, was sich da in deinem Kopf ›fügt‹, magst du uns bestimmt noch nichts verraten, oder?«
Justus lächelte vielsagend. »Es ist noch zu früh, euch darüber Auskunft zu geben, Kollegen. Aber ich habe das Gefühl, dass wir den Candle-Fall schon bald als erledigt zu den Akten legen können. Zuerst bedarf es aber noch einiger Vorbereitungen.« Er zog sein Portemonnaie hervor und entnahm ihm eine Visitenkarte. Dann hob er den Hörer ihres altertümlichen Telefons ab und drehte die Wählscheibe. »Ich lasse euch mithören!«
Mit einem Klick rastete der Schalter ein und bald darauf ertönte aus dem Lautsprecher das vertraute Tuten. Dann knackte es.
»Ja bitte?«, meldete sich eine ihnen wohlbekannte Frauenstimme am anderen Ende der Leitung.

»Hallo, Miss Handerson! Hier spricht Justus Jonas!«
»Justus! Also, dass du mich schon gleich heute anrufst, überrascht mich wirklich! Obwohl ich am liebsten schon gestern gewusst hätte, wobei ich euch unterstützen kann! Du hast mich mit deiner Bemerkung nämlich ganz schön neugierig gemacht!«
»Tja, Miss Handerson, wie soll ich es am besten erklären? Sagen Sie, hätten Sie übermorgen Nachmittag vielleicht ein Stündchen Zeit, um uns bei einer … nun ja … kniffligen Aufgabe zu helfen?«
Peter und Bob tauschten irritierte Blicke aus.
»Im Prinzip schon«, antwortete Miss Handerson mit einem kurzen Zögern. »Worum handelt es sich denn?«
»Nun ja, ich will nicht lange um den heißen Brei herumreden: Mrs Candle hat in den vergangenen Tagen seltsame Hinweise erhalten, die ihr augenscheinlich allesamt heimlich von ihrem Enkelsohn zugespielt wurden.«
»Du meinst … von Edward?« Ein leiser Unterton von Aufregung machte sich in Miss Handersons Stimme bemerkbar.
»Einen anderen Enkelsohn hat Mrs Candle nicht«, rief ihr Justus ins Gedächtnis zurück. »Und meinen beiden Kollegen und mir drängt sich immer mehr der Verdacht auf, dass Edward mit diesen Hinweisen seiner Großmutter etwas ganz Bestimmtes mitteilen will. Doch leider werden wir aus diesen kryptischen Fingerzeigen überhaupt nicht schlau. Und da dachten wir, dass wir am besten eine Person hinzuziehen, die Edward persönlich gut kennt. Eine Person, die uns vielleicht sagen kann, welche Schlüsse wir aus seinen Hinweisen

ziehen können. Denn Mrs Candle steht ebenso auf dem Schlauch wie wir!«

»Wie ..? Ähh … Hinweise? Ich meine …« Patricia Handerson geriet ins Stammeln und hatte offensichtlich Schwierigkeiten, Justus' Ausführungen zu folgen. »Was willst du mir denn damit sagen?«

»Nun, dann muss ich etwas deutlicher werden. Mir drängt sich immer mehr der Verdacht auf, dass Edward mit seinen Hinweisen Mrs Candle verraten will, wo er die Beute aus dem Raubüberfall versteckt hat!«

Es hatte schon länger in Peter gearbeitet, doch am **21. Dezember** platzte ihm der Kragen. Justus hatte sie am Nachmittag dazu genötigt, in der Kirche, die Bobs Familie sonntags besuchte, allen sechs Teilen des Weihnachtsoratoriums zu lauschen. Mehr als drei Stunden hatte das gedauert und die harten Holzbänke hatten Peters Laune nicht verbessert. Als sie nach dem Konzert die Kirche verließen und mit den anderen Besuchern auf die California Avenue hinaustraten, fasste er sich demonstrativ an sein Steißbein und verzog das Gesicht zu einer Grimasse.

»Weißt du eigentlich, was du mir da angetan hast, Justus? Vier Stunden stillsitzen! Meine Bandscheiben sind völlig ramponiert! Das Einzige, was ich an mir noch fühle, ist mein Hinterteil! Tausend Dank für dieses vorweihnachtliche Geschenk!«

Bob konnte sich ein Grinsen nicht verkneifen. »Also mir hat's rundum gefallen, Zweiter! Allerdings muss ich mich doch fragen, weshalb bei all dem Geld, das meine Eltern jeden Sonntag in dieser Kirche lassen, nicht zumindest ein paar Dollar für Sitzkissen drin sind!«

»Darüber habe ich mir in den vergangenen einhundertachtundneunzig Minuten nicht einmal den Kopf zerbrochen, Kollegen«, ließ Justus verlauten und streckte sich einmal kräftig. »Ich habe die klassische Musik viel mehr dazu genutzt, meinen Geist in einen meditativen Zustand zu versetzen und die zwanzig Tage, die wir nun an dem Candle-Fall dran sind, noch einmal vor meinem inneren Auge Revue passieren zu lassen.«

»Und? Ist denn dabei zumindest im Ansatz etwas Produktives herausgekommen?«, fragte Peter noch immer leicht gereizt. »Denn bevor ich mich auch nur eine weitere Sekunde mit diesem Fall beschäftige, hätte ich zuvor noch ein paar wichtige Fragen an dich zu stellen, Justus! Vielleicht bist du ja nach dieser intensiven Reinigung deines meditativen Geistes endlich in der Lage, uns Rede und Antwort zu stehen!«

»Kein Problem, Zweiter. Aber dazu sollten wir uns lieber in deinen Wagen setzen. Es muss ja nicht jeder hören, was wir zu besprechen haben.«

Bob schaute sich nach allen Seiten um. »Es ist zwar keine Irene Loser in Sicht, aber sicher ist sicher!«

Peter ging zielstrebig auf seinen MG zu, den er direkt vor der Kirche geparkt hatte. Missmutig schloss er die Tür auf, setzte sich hinein und wartete, bis auch Bob und Justus darin Platz genommen hatten. Dann startete er den Motor, fuhr vom Parkplatz und steuerte den Wagen in Richtung Schrottplatz.

»Also, Justus: Mich und vermutlich auch Bob würde als Allererstes interessieren, aus welch geistiger Umnachtung heraus du ausgerechnet Patricia Handerson darum gebeten hast, uns bei der Entschlüsselung von Edwards Hinweisen behilflich zu sein! Obwohl das Wort ›Entschlüsselung‹ ja völlig hirnrissig ist, da sich aus seinen kurzen Zeilen, dem Ring und der fünften Kerze auf dem Adventskranz, wie du ja schon selbst vor ein paar Tagen treffend bemerkt hast, noch nichts Aufschlussreiches ergeben hat. Eben weil uns noch einige Hinweise fehlen!«

»Das sehe ich genauso«, pflichtete Bob seinem Freund bei. »Aber wie lange sollen wir noch auf die weiteren Hinweise warten? Wenn Edward nicht bald die nächsten Puzzleteile liefert, endet unser Fall möglicherweise in einer Katastrophe. Vorausgesetzt, dass er den angedrohten Rachefeldzug am fünften Advent tatsächlich in die Tat umsetzen sollte!«

»Also, Kollegen …« Justus lehnte sich zurück und schloss konzentriert die Augen. »Patricia Handerson sucht unmittelbar nach Edwards Flucht aus dem Gefängnis den Kontakt zu seiner Großmutter. Obwohl sie weiß, dass die alte Dame und ihr Haus rund um die Uhr von der Polizei bewacht werden, nimmt sie das Risiko auf sich, selbst ins Fadenkreuz der Justiz zu geraten. Da stellt sich doch die Frage, woher ihr plötzliches Interesse an Mrs Candle rührt?«

»Na ja«, überlegte Bob. »In der Weihnachtszeit werden schließlich viele Menschen sentimental. Dafür kann es mehrere Gründe geben: Sie hat sich ja bei unserer Auftraggeberin mehrmals für ihr übles Verhalten entschuldigt. Vielleicht war es ihr nach all den Jahren einfach nur ein wichtiges Anliegen, endlich mal ihr Gewissen zu erleichtern.«

»Entschuldige bitte, dass ich kurz unterbreche, aber hat jemand zufällig ein Taschentuch parat?« Peter nahm eine Hand vom Lenkrad und rieb sich theatralisch die Augen. »Da kommen mir ja glatt die Tränen!« Er zeigte seinem Freund einen Vogel. »Hat dir das festliche Konzert vorhin etwa die Sinne vernebelt? Patricia Handerson und sentimentale Gründe! Dass ich nicht lache! Wer einer alten Dame das Lügenmärchen auftischt, dass ihr Enkelsohn auf grausame Weise umgebracht worden ist, der hat alles Mögliche, aber kein schlechtes Gewissen!«

Bob hob abwehrend beide Hände in die Höhe. »Okay, okay!

Ich sehe es ja ein! Entschuldigt bitte, dass ich von mir auf andere geschlossen habe! Du hast ja recht! Welchen Grund sollte sie aber sonst haben, plötzlich bei der alten Dame auf der Bildfläche zu erscheinen?«

»Um das herauszufinden, habe ich sie für morgen Abend zu Mrs Candle eingeladen«, ließ Justus von der Rückbank verlauten. »Zu den drei bisher nichtssagenden Hinweisen wird sie wohl nicht viel beizutragen haben. Aber noch hat sie uns bestimmt nicht alles gesagt! Und was wäre ein besserer Köder, als ihr das Gefühl zu geben, wir würden sie ins Boot holen? Für sie bedeutet das schließlich die Aussicht, zu erfahren, wo sich zwei Millionen Dollar befinden!«

Am **22. Dezember** hatten sich die drei ??? zu nächtlicher Stunde mit Miss Handerson am Harvard Boulevard verabredet. Von hier aus war es zum Canyon Lake Drive, in dem Mrs Candle wohnte, nur ein Katzensprung.
Edwards Freundin traf pünktlich ein und entstieg dem Taxi mit einem üppigen Rosenstrauß. Peter ahnte gleich, dass sich die alte Dame darüber nicht sonderlich freuen würde.
Und Mrs Candle ließ tatsächlich einige Minuten später, als sie den vieren die Haustür öffnete, ihren Gefühlen freien Lauf und rümpfte beim Anblick des Blumenstraußes die Nase. »Das Geld hätten Sie sich getrost sparen können«, sagte sie statt einer Begrüßung und wies dabei auf das Rosenspalier, das an der Seitenwand ihres Gartenschuppens angebracht war.
An Mrs Candles offen demonstrierter Ablehnung Edwards Freundin gegenüber änderte sich auch nichts, als die fünf kurze Zeit später im Wohnzimmer am runden Tisch Platz genommen hatten und Miss Handerson irritiert zu den Fenstern deutete.
»Haben Sie die Vorhänge etwa meinetwegen zugezogen, Mrs Candle?«
»Allerdings«, erwiderte die alte Dame schroff. »Wenn es nach mir gegangen wäre, hätte ich Sie schon vorgestern bei der Polizei angezeigt, nachdem Sie auf dem Riesenrad ihre Beichte abgelegt hatten. Nur Justus' großer Überredungskunst haben Sie es zu verdanken, dass Sie noch auf freiem Fuß sind. Aber das wird sich ändern, sobald mein Enkelsohn wieder auf der Bildfläche erscheint!«
»Das ist mir klar«, entgegnete Miss Handerson mit gesenk-

tem Kopf. »Und ich bin gewillt, für meine Taten geradezustehen. Darauf habe ich Ihnen ja mein Wort gegeben. Trotzdem möchte ich noch einmal betonen, dass ich all das nur aus Liebe zu Edward getan habe. Ich habe ihn bis zur Selbstaufgabe geliebt – und liebe ihn noch immer. Das soll keine Entschuldigung für mein Handeln sein, aber zumindest eine Erklärung …«

Mrs Candle schienen diese Worte nicht sonderlich zu beeindrucken. Ohne Patricia Handerson zu beachten, schob sie den drei ??? den Weihnachtsteller zu, auf dem Klementinen, Walnüsse und Christstollen lagen. »Hier, Jungs, bedient euch!«

»Nun, Miss Handerson«, übernahm Justus das Wort und griff dabei beherzt nach einem Stück Christstollen. »Wie ich Ihnen bereits vorgestern am Telefon erklärt habe, hat Edward in den vergangen Wochen Mrs Candle einige merkwürdige Botschaften zugespielt, die unserer Auffassung nach darauf hinweisen sollen, wo er die Beute aus dem Raubüberfall versteckt hat! Und diese Botschaften würden wir Ihnen jetzt gern zeigen, weil wir selbst nicht schlau daraus werden.«

»Aha, verstehe«, erwiderte Patricia Handerson und nestelte dabei an ihrer Handtasche herum. Dieser entnahm sie nervös ein silbernes Zigarettenetui. »Deshalb also die geschlossenen Vorhänge. Was Edward seiner Großmutter mitteilen will, hat die Polizisten draußen natürlich nicht zu interessieren!« Sie öffnete das Etui und entnahm daraus mit zittrigen Fingern eine Zigarette.

»Sie beabsichtigen doch nicht etwa, hier drinnen zu rauchen!«, brauste Mrs Candle auf. »In meinem Haus herrscht striktes Rauchverbot! Außerdem habe ich meine Gardinen gerade frisch gewaschen!«

Ohne Widerrede ließ Miss Handerson das Etui wieder in ihrer Handtasche verschwinden. Dabei rutschte ihr ein Blatt Papier heraus und fiel zu Boden. Justus bückte sich schnell, hob es auf und warf einen kurzen Blick darauf. »Oho, ein E-Ticket! Sie beabsichtigen, zum Jahreswechsel fortzufliegen?«

Miss Handerson lächelte und zog das Ticket galant aus Justus' Händen. »Nicht der Rede wert. Mehr als ein paar Tage Urlaub zwischen den Festtagen sind leider nicht drin. Danach muss ich gleich wieder im Büro antreten. Mein Chef kennt da keine Gnade!«

»Hauptsache, sie kommen wieder zurück und setzen sich nicht nach Europa ab!«

»Falls das ein Witz sein sollte, Peter, finde ich den ziemlich geschmacklos.« Beinahe beleidigt beförderte sie das Ticket wieder in die Handtasche und ließ den Verschluss laut zuschnappen. »Und außerdem glaube ich auch nicht, dass mir der Richter so eine hohe Strafe aufbrummen wird, dass sich eine Flucht aus den Vereinigten Staaten für mich überhaupt lohnen würde.«

»Kommen wir wieder zum Kern unseres Zusammentreffens zurück!« Justus wischte sich die letzten Krümel Christstollen von den Lippen und wandte sich dann Mrs Candle zu. »Madam, würden Sie uns jetzt bitte zeigen, was Edward Ihnen zukommen ließ?«

»Offen gestanden tue ich das sehr ungern«, äußerte die alte Dame mit einem misstrauischen Blick in Miss Handersons

Richtung und erhob sich schwerfällig aus ihrem Sessel. Dann ging sie zu ihrem Sekretär und zog aus der Schublade drei Gegenstände hervor, die sie nacheinander vor ihren Gästen auf den Tisch legte.

Justus griff nach dem Zettel, den Mrs Candle am 1. Dezember in ihrem Adventskalender vorgefunden hatte, und reichte ihn an Miss Handerson weiter.

Ihre Finger zitterten, während sie die Zeilen las, die Edward an seine Großmutter gerichtet hatte. »Gütiger Himmel! Erst jetzt wird mir in ganzer Tragweite bewusst, was Sie beim Lesen dieser Nachricht empfunden haben müssen! Selbst ich bekomme eine Gänsehaut!«

Wortlos reichte ihr der Erste Detektiv den Gegenstand aus dem Säckchen des 3. Dezember. Beim Anblick des Ringes füllten sich ihre Augen unerwartet mit Tränen und sie begann, herzerweichend zu schluchzen. »Oh nein … der Ring! Von dem hat sich Edward doch nie trennen können! Er hat mir oft erzählt, wie glücklich er war, als Sie ihm dieses wunderschöne Geschenk zu seinem zwanzigsten Geburtstag machten, Mrs Candle. Oh, er hat Sie immer so geliebt und vergöttert …«

»Sparen Sie sich Ihre Gefühlsausbrüche, Miss«, wies die alte Dame sie zurecht. »Nur Ihrer schrecklichen Lüge wegen musste ich am 3. Dezember annehmen, dass dieser Ring das einzige ›Überbleibsel‹ von Edward war, nachdem man ihn angeblich so abscheulich getötet hatte!«

»Das stimmt. Aber wahrscheinlich sollte der Ring genau das Gegenteil bewirken«, erwiderte Justus sofort, der diese makabere Vorstellung möglichst schnell wieder aus seinem

Kopf vertreiben wollte. »Er sollte Ihnen die Gewissheit geben, dass es tatsächlich Edward war, von dem diese Gegenstände stammten.«

Miss Handerson schielte auf den Weihnachtsteller und rutschte dabei unruhig auf Ihrem Stuhl hin und her. »Bitte verzeihen Sie, aber ohne Zigaretten werde ich immer ganz nervös! Dürfte ich mir vielleicht ein paar Nüsse nehmen?«

»Bevor Sie mir das Haus verräuchern, bitte«, entgegnete Mrs Candle kühl und schob ihr ungnädig den metallenen Nussknacker über den Tisch.

Justus hatte inzwischen die weiße Stoffserviette auseinandergefaltet, in der die alte Dame die abgehobelten Späne der fünften Adventskerze verwahrt hatte.

»Auch diesen Hinweis konnten wir bisher nicht im Geringsten deuten«, erklärte er Miss Handerson, die mit einem kräftigen Druck eine Walnuss knackte und die Kerne schnell in ihrem Mund verschwinden ließ. »Urplötzlich stand am Abend des 9. Dezember eine fünfte Kerze auf Mrs Candles Adventskranz, obwohl nur vier darauf gehören! Ich war daraufhin so frei, das Corpus Delicti bis auf den Docht herunterzuschälen, weil ich vermutet hatte, dass sich in der Kerze ein weiterer Hinweis befinden könnte.«

»Aber leider war das Ergebnis gleich null«, fügte Bob hinzu.

Miss Handerson blickte fragend auf die Gegenstände. »Aber wie um alles in der Welt kommt ihr darauf, dass dieser Brief, der Ring und die zerstörte Kerze auf das Versteck der Beute hinweisen? Ich sehe da nicht den geringsten Zusammenhang!« Dabei griff sie nach einer weiteren Nuss und teilte sie unter Zuhilfenahme des Nussknackers in zwei Teile.

»Mehr Gegenstände sind bisher noch nicht aufgetaucht«, meldete sich jetzt Peter zu Wort. »Wir dachten, da Sie Edward doch so gut kennen –«

»Was ist denn das?« Überrascht starrte Miss Handerson auf die zwei Walnusshälften in ihrer Hand, zwischen denen ein kleiner, zusammengefalteter Zettel zum Vorschein gekommen war. Achtlos ließ sie die Schalen auf den Tisch fallen und machte sich daran, das Papier zu entfalten.

Die drei ??? sprangen von ihren Stühlen auf und stellten sich neben Miss Handerson, um den unerwarteten Fund genauer in Augenschein nehmen zu können.

Doch Edwards Freundin deckte schnell ihre linke Hand darüber. »*Ich* werde den Brief als Erste lesen! Setzt euch wieder!«, rief sie scharf.

»Na hören Sie mal!«, rief Peter aufgebracht. »Was fällt Ihnen denn ein? Die Nuss gehört Ihnen doch gar nicht!«

Aber Patricia Handerson blieb stur. »Aber Edward war *mein* Freund! Er hat jedes Geheimnis mit mir geteilt! Und deshalb steht mir diese Information zu!«

Nun erhob sich auch Mrs Candle aus ihrem Sessel und ging wutentbrannt auf die junge Frau zu. »Was erdreisten Sie sich, in meinem Haus den Ton anzugeben?« Sie griff nach dem metallenen Nussknacker und hob ihn drohend in die Höhe. »Der Zettel muss aus einer der drei Walnüsse stammen, die sich am 2. Dezember in meinem Adventskalender befunden haben! Und damit gehört diese Botschaft rechtmäßig mir!« Aufgeregt schnappte sie nach Luft. »Rücken Sie jetzt endlich mein Eigentum wieder raus, oder ich vergesse mich!«

In diesem Moment schlug die große Uhr an der Wand zwölf Mal. Es war Mitternacht.

»Bitte legen Sie den Nussknacker wieder zurück«, versuchte Patricia Handerson die alte Dame am **23. Dezember** um 0:01 Uhr zu beruhigen. »Ich wollte doch niemandem etwas Böses.« Sie warf einen kurzen Blick auf den Zettel und reichte ihn dann widerstandslos dem Ersten Detektiv. »Entschuldigt bitte meine Kurzschlusshandlung, aber ich bin seit Edwards Ausbruch aus dem Gefängnis das reinste Nervenbündel! Ich werde noch verrückt, wenn ich nicht bald etwas von ihm höre!«

»Ist schon okay«, versuchte Justus die Wogen zu glätten. »Wir sind alle ein wenig durch den Wind. Das wird sich wohl erst ändern, wenn wir endlich in Erfahrung gebracht haben, was uns Edward tatsächlich mit all diesen Hinweisen sagen will.«

Peter platzte fast vor Ungeduld. »Was steht denn nun auf dem Zettel, Erster? Nun lies schon vor!«

Die Schrift auf dem Zettel war winzig klein. Justus hielt die Botschaft ein Stück näher unter die Lampe, die über dem Tisch hing, und begutachtete den Zettel angestrengt. Dann las er den Text laut vor:

»Verzichte auf den Preis – denn er ist zu heiß.
Ohne diese Blüten – lässt Unglück sich verhüten.«

Nachdenklich ließ Justus den Zettel sinken.

»Also, ich stehe total auf dem Schlauch, Freunde.« Verstört fasste sich Bob an den Kopf. »Das ist offenbar ein Rätsel. Aber hat jemand von euch auch nur die leiseste Ahnung, was diese Worte bedeuten könnten?«

»Vielleicht sind in den anderen Nüssen ja noch mehr Botschaften versteckt!« Eifrig griff Miss Handerson nach dem

Nussknacker und begann, die übrigen Nüsse vom Weihnachtsteller auseinanderzubrechen.
»Hören Sie schon auf!«, versuchte Mrs Candle der jungen Frau Einhalt zu gebieten. »Das ist vollkommen sinnlos! In dem Säckchen haben sich doch nur die drei Walnüsse befunden. Und die sind bereits geknackt!«
»Wartet mal!«, rief Peter plötzlich dazwischen. »Wie lautet der Spruch noch? *Ohne diese Blüten – lässt Unglück sich verhüten.* Könnte das nicht bedeuten, dass …«
Nun wurde auch Miss Handerson vom Rätselfieber gepackt. »Blüten! Auch wenn das natürlich echte Scheine waren: Damit kann nur die Beute gemeint sein! Ich bin mir ganz sicher! Aber was soll der Rest bedeuten? Los doch! Legt mal einen Gang zu! Ich spüre, dass ihr schon ganz dicht an der Lösung seid!«
In diesem Moment durchfuhr es Justus wie ein Blitz. »Moment mal, Kollegen!« Zielstrebig ging er auf die Wand zu, an der der Zeitungsbericht über Mrs Candles Garten in einem Wechselrahmen hing, und begann nachdenklich an seiner Unterlippe zu zupfen. *»Verzichte auf den Preis, denn er ist viel zu heiß …«* Er wandte sich an Mrs Candle. »Der Preis, der Ihnen im November verliehen wurde, der besagte doch, dass Ihnen im Palisades Park eine hundert Quadratmeter große Rasenfläche zugesprochen wurde, die Sie von Gartenarchitekten nach Ihren Anweisungen gestalten lassen dürfen!«
Die alte Dame sah Justus ungläubig an. »Im Palisades Park? Wie kommst du denn darauf?«
Der Erste Detektiv hatte plötzlich das Gefühl, als würde sich um seinen Körper eine Eisschicht bilden. Die alte Dame

schien nicht zu begreifen, worauf er hinauswollte: Patricia würde doch niemals unter den Augen der Polizei im Garten anfangen zu graben! Fieberhaft ließ er seine Blicke durch das Wohnzimmer schweifen, bis er auf dem Kaminsims einen Miss-Marple-Krimi entdeckte: »Ein Mord wird angekündigt«. Scheinbar unbeteiligt griff er danach und hielt das Buch in Mrs Candles Richtung. Dabei fixierte er sie mit einem fast hypnotischen Blick. Sie musste sich doch an ihr Gespräch über Miss Marple und Mrs Candle als vierte Detektivin erinnern! »Ein kleines Grundstück im Palisades Park«, wiederholte er wie nebenbei. »Direkt neben der Bronze-Skulptur ›Tor des Südens‹!«

Endlich hatte Mrs Candle begriffen und spielte das Spiel mit. Ihre Augen flammten auf. »Ah, natürlich! Die Bronze-Skulptur! Hättest du sie gleich erwähnt, hätte ich auch eher geschaltet!«

Miss Handerson trat forsch einen Schritt näher. »Wovon redet ihr da? Los doch, heraus damit!«

»Dabei ist es doch so einfach!« Der Erste Detektiv setzte sich gelassen in Mrs Candles Ohrensessel und ließ seine Hände auf die Knie sinken. »Edward Candle hat die Beute des Raubüberfalles vor fünf Jahren vor der Polizei in Sicherheit gebracht. Und zwar an der von mir eben erwähnten Stelle. In unmittelbarer Nähe der Bronze-Skulptur sind die zwei Millionen Dollar vergraben. Darauf gehe ich jede Wette ein!«

Miss Handerson bewegte sich keinen Millimeter von der Stelle. »Wie kommst du darauf?«

»Weil in dem Fernsehinterview, in dem von Mrs Candles

Sieg und ihrem Preis berichtet wurde, auch ausführlich die Stelle beschrieben wurde, die nach Mrs Candles Anweisungen neu bepflanzt werden soll: im direkten Umfeld vom ›Tor des Südens‹!« Justus machte ein triumphierendes Gesicht. »Edward *muss* diese Sendung über seine Großmutter im Gefängnis zufällig gesehen haben. Denn wie sonst ist es zu erklären, dass er sofort darauf seinen Zellengenossen Jeremias Howard, der im offenen Vollzug ist, damit beauftragt, Mrs Candle die verschlüsselten Botschaften zukommen zu lassen?«

»In der er seine Großmutter unter anderem eindringlich davor warnt, den Gartenpreis anzunehmen!« Peter spürte, wie es ihm eiskalt den Rücken hinablief. »Weil er anscheinend befürchtet hat, dass die Gartenbauer rund um die Bronze-Skulptur die Erde bewegen und dabei möglicherweise auf die versteckte Beute stoßen würden!«

»Das ist völlig absurd!«, platzte es aus Miss Handerson unerwartet heraus. »Edward hätte seinen Zellengenossen niemals zu seiner Großmutter geschickt!«

Justus horchte interessiert auf. »Ach? Und warum nicht, Miss Handerson?«

»Weil er die ganze Zeit davon ausgehen musste, dass sie tot ist!«

»Wie bitte?« Die alte Dame schaute fassungslos. »Sagen Sie das noch einmal.«

»Warum?«, entgegnete Miss Handerson kalt. »Sie sind doch nicht taub!«

Der Erste Detektiv fasste sich grübelnd ans Kinn. »Das habe ich mir beinahe schon gedacht. Welchen Grund hätte Ed-

ward sonst haben können, sich die vergangenen fünf Jahre nicht mehr bei seiner Großmutter zu melden, als die Annahme, sie sei bereits verstorben? Und diese falsche Information haben Sie ihm zukommen lassen, richtig?«
»Du bist wirklich nicht dumm …«
Nie zuvor hatten die drei ??? in so kalte Augen geblickt wie in die von Patricia Handerson.
Bob hatte das Gefühl, sich im falschen Film zu befinden. »Aber warum? Was hat Sie dazu veranlasst, auch Ihrem Freund Edward so eine grausame Lüge aufzutischen?«
Seelenruhig griff Miss Handerson in ihre Handtasche, entnahm ihrem silbernen Etui eine Zigarette und steckte sie sich mit einem süffisanten Lächeln an. »Weil ich herausfinden musste, ob er die Beute in diesem Haus versteckt hatte, ganz einfach!« Sie blies den blauen Rauch in die Luft. »Wenn Edward davon ausging, dass seine Oma tot war, dann musste er doch schließlich auch befürchten, dass bei einem Verkauf des Hauses die neuen Besitzer früher oder später auf die eventuell hier versteckte Beute stoßen würden, oder?« Sie lachte kurz. »Aber auf die Todesnachricht hat Edward nicht im Geringsten reagiert. Also wusste ich, dass er das Geld nicht hier deponiert hatte!«
Mrs Candle verlor die Beherrschung. Mit hochrotem Kopf ging sie auf Miss Handerson zu und verpasste ihr eine kräftige Ohrfeige.
»Sie verlassen jetzt augenblicklich mein Haus! Und ich werde mitgehen und dafür sorgen, dass die draußen stehenden Polizisten Sie sofort in Gewahrsam nehmen!«
»So? Das würde ich mir an Ihrer Stelle noch mal reiflich

überlegen.« Miss Handerson trat an den runden Tisch und drückte ihre Zigarette auf dem Weihnachtsteller aus. Dann schlenderte sie gelassen zu Bob hinüber und zog eine Pistole aus der Jackentasche. Sie drückte dem völlig verdutzten Jungen den Lauf in den Rücken. »Wir beide werden jetzt das Haus verlassen, uns in ein Taxi setzen und damit zu einem Baumarkt fahren.«

»Bin ich bescheuert?«, entgegnete Bob trotzig. »Wie komme ich denn dazu?«

Miss Handerson zeigte keine Regung. »Dort werden wir eine Hacke und eine Schaufel kaufen und dann wirst du dich als Schatzgräber nützlich machen! Ich will endlich mein Geld zurückhaben! Und zwar nicht gleich, sondern sofort!«

Peter glaubte, sich verhört zu haben. »Was soll das heißen – *Ihr* Geld?«

»Das ist doch sonnenklar«, klärte der Erste Detektiv seinen Freund auf. »Nicht Edward hat damals den Raubüberfall begangen, sondern seine heiß geliebte Freundin Patricia Handerson. Denn welchen Grund sollte Edward sonst gehabt haben, vorzeitig aus dem Gefängnis zu fliehen? Um sich an der Person zu rächen, die sich am 5. Advent ins Ausland absetzen wird, und für die er fünf Jahre unschuldig eine Haftstrafe abgesessen hat! Nicht wahr, Miss?«

Miss Handerson wurde bleich. »Du bist wahrlich ein Blitzmerker, Fettmops! Aber dein altkluges Gerede wird mich jetzt nicht davon abhalten, mit eurem Freund als lebendem Schutzschild dieses Haus zu verlassen. Und wenn einer von euch den Bullen einen Wink geben sollte, wird euch dieses Weihnachtsfest als das traurigste Weihnachten eures Lebens

in Erinnerung bleiben!« Mit diesen Worten griff sie nach Bobs Jacke und legte sie sich so über den Arm, dass die Pistole nicht mehr zu sehen war. »Und jetzt vorwärts, Bob!«
In dieser Sekunde trat von hinten eine Gestalt an Miss Handerson heran und entriss ihr blitzschnell die Waffe. Die junge Dame schnellte herum – und erstarrte.
»Edward?! Wie kommst du denn hierher?«

Am Nachmittag des **24. Dezember** saßen die drei ??? neben Lydia Candle und Edward im Besucherraum des Sellamore-Gefängnisses. Der zuständige Richter hatte eine Ausnahmegenehmigung erteilt, sodass die alte Dame gemeinsam mit Justus, Peter und Bob ihren Enkel besuchen durfte, um mit ihm für eine Stunde das deutsche Weihnachtsfest zu feiern.
»In Deutschland ist heute Heiligabend«, bemerkte Mrs Candle feierlich. »Und deshalb ist bei uns heute auch Bescherung. Darum habe ich auch heute Morgen extra einen Kuchen für uns gebacken.« Stolz deutete sie auf den Gugelhupf, den sie feierlich auf den Tisch stellte. »Doch für mich ist es das größte Geschenk, dass wir endlich wieder vereint sind. Auch wenn es im Gefängnis ist!«
»Dass Sie wieder in Mrs Candles Haus sind, habe ich geahnt, seitdem uns Ihre Großmutter angerufen hatte, um uns über die fünfte Kerze auf dem Adventskranz in Kenntnis zu setzen«, erklärte Justus nicht ohne Stolz. »Denn da Sie wussten, dass nach Ihrem Ausbruch und den entsprechenden Medienberichten Ihre wahre Identität bekannt werden würde – und dann das Haus rund um die Uhr von der Polizei observiert werden würde –, mussten sie vom Sellamore-Gefängnis umgehend zu Mrs Candle gefahren sein und sich noch vor dem Eintreffen der Polizei mithilfe des im Garten deponierten Zweitschlüssels im Haus versteckt haben. Waren Sie im Vorratskeller? Egal. Und wie sonst hätte die Kerze von Ihnen auf den Kranz gesteckt werden können, wenn Sie sich nicht schon von Anfang an in dem Haus aufgehalten hätten? Vom 6. bis zum 23. Dezember konnten Sie das Haus ja weder unbemerkt betreten noch verlassen. Ihr fingierter Anruf als

Mr Schroeder hat mich allerdings ins Zweifeln kommen lassen. Warum hätten Sie aus ihrem eigenen Haus Ihre Großmutter anrufen sollen? Und wie? Haben Sie sich auf der Flucht noch ein Handy besorgt? Sie wollten mit dem Anruf wohl die Polizei, von der Sie wussten, dass sie das Telefon abhört, von Ihrem wahren Aufenthaltsort ablenken!«
»Gratulation zu so viel Kombinationsgabe!«, lobte Edward begeistert und griff nach einem Stück Kuchen.
»Aber was hatte es denn mit der fünften Adventskerze auf sich?«, wollte Justus wissen. »Denn darauf konnten wir uns überhaupt keinen Reim machen.«
Edward schmunzelte. »Mit dieser Kerze wollte ich meiner Großmutter beweisen, dass wirklich *ich* es war, der ihr diese Botschaften zukommen ließ, und kein Trittbrettfahrer. Schon als kleines Kind war es eine Marotte von mir gewesen, Großmama jedes Jahr wieder zu löchern, weshalb es denn nicht noch einen fünften Advent gäbe. Ich habe die Weihnachtszeit immer geliebt und mir damals so gewünscht, dass sie nie vorbeiginge.«
»Das ist wirklich rührend«, bemerkte Bob. »Aus demselben Grund hat dann vermutlich auch Jeremias Ihren Ring in dem Adventskalender hinterlegt, richtig?«
Edward nickte anerkennend. »Wieder voll ins Schwarze getroffen! Der Ring war ein Geschenk von Großmama gewesen. Sie sollte ein ganz persönliches Zeichen von mir erhalten.«
»Doch nun würde ich gerne einmal die Geschichte von Anfang an aufrollen«, schlug der Erste Detektiv vor. »Denn von Patricia Handerson, die ja gestern Nacht zum Glück verhaf-

tet worden ist, haben wir wohl ausschließlich Lügengeschichten zu hören bekommen.«

»Handerson?«, unterbrach ihn Edward. »So hat sie sich also genannt? Sie heißt Patricia *Anderson.*«

»Von wegen fotografisches Gedächtnis, Justus«, stichelte Peter. »Du hast dir doch vorgestern das E-Ticket angeguckt. Nah dran ist auch daneben!«

Der Erste Detektiv funkelte Peter böse an.

»Was war das gerade, Peter?«, fragte Edward verwundert.

»Egal. Anderson – kein besonders origineller falscher Name ...« Er lehnte sich auf seinem Stuhl zurück. »Aber zurück zur Geschichte. Patricia ist irgendwann zu mir gekommen und hat mir erzählt, dass sie mit einem Kumpel aus Schultagen einen Geldtransporter ausrauben wollte. Ich hielt das Ganze für einen überdrehten Scherz von ihr, bis sie mich eines Tages in meiner Wohnung besucht und mir die Pistole gezeigt hat, mit der sie den Überfall ausführen wollte. Ich bin ausgerastet und habe ihr die Pistole sofort abgenommen. Aber Patricia lachte nur, riss mir die Waffe wieder aus der Hand und verschwand. Am nächsten Tag stand sie dann völlig aufgeregt mit einem Koffer wieder vor meiner Tür. Unter Tränen hat sie mir gebeichtet, dass sie den Überfall zwar tatsächlich erfolgreich durchgeführt, dabei aber mit ihrer Waffe eine unschuldige Passantin lebensgefährlich verletzt hätte. Zu allem Überfluss hatte sie die Pistole auch noch während ihrer Flucht am Tatort verloren. In dem Moment schwante mir schon, dass sich auf der Waffe noch meine Fingerabdrücke befinden mussten, da ich sie doch einen Tag zuvor Patricia aus der Hand gerissen hatte. Das Geld aber, die erbeuteten zwei Millionen Dollar, befanden sich in dem besagten Koffer.«

»Und was geschah dann?« Peter blickte Edward fragend an.

»Ich war fassungslos und mein einziger Gedanke war, dass sie das Geld auf keinen Fall behalten durfte. Es klebte ja Blut daran und noch immer stand nicht fest, ob die angeschossene Passantin überleben würde. Deshalb nahm ich in meiner Panik einfach den Koffer an mich und vergrub ihn in der Nacht in Großmamas Garten, während sich Patricia, die mit den Nerven völlig am Ende war, in ihrer Wohnung erst einmal richtig ausschlafen durfte.«

»Erst einen Menschen umschießen und dann genüsslich ausschlafen«, kommentierte Bob sarkastisch. »Sachen gibt's, die gibt's gar nicht! Und wie ging es weiter?«

»Danach ging alles ziemlich schnell. Am nächsten Morgen in aller Herrgottsfrühe fuhr die Polizei mit Blaulicht vor. Und da wusste ich, was auf mich zukam!«

»Die Polizei hatte die Waffe gefunden und Ihre Fingerabdrücke sichergestellt.«

»Genau so war es, Justus. Das reichte natürlich, um mir die Polizei auf den Hals zu hetzen – obwohl es ohne Schmauchspuren wohl nie für eine Verurteilung gereicht hätte. Aber in diesem Moment fasste ich einen Entschluss: Bevor die Polizisten meine Wohnung stürmten, habe ich Patricia angerufen und ihr mitgeteilt, dass ich statt ihr ins Gefängnis gehen und die ganze Schuld auf mich nehmen würde.«

»Wie bitte?!« Mrs Candle sah ihren Neffen ungläubig an.

»Ja, ich weiß, es war vollkommen wahnsinnig! Aber noch wahnsinniger war ich in Patricia verschossen! Ich habe es aus purer Liebe getan! Meine einzige Bedingung war, dass wir das Geld nach meiner Haftstrafe nicht behalten durften.«

»Das verstehe ich nicht ganz«, fragte sich Bob. »Wieso haben Sie das Geld denn nicht gleich wieder zurückgegeben? Das hätten Sie doch auch anonym tun können.«

»Weil ich mir irgendwie eingeredet habe, dass die Banken doch für einen solchen Fall eh versichert sind! Mir hat damals vorgeschwebt, das Geld nach meiner Haftentlassung anonym für einen guten Zweck zu spenden. Da gibt es so viele Organisationen, die mit jedem Dollar rechnen müssen.«

»Ehrlich gesagt, das klingt doch völlig verrückt«, bemerkte Peter mit einem Stirnrunzeln. »Das nimmt ihnen doch niemand ab.«

»Darauf muss ich es wohl ankommen lassen«, entgegnete Edward. »Ich hatte dem Koffer damals ein kurzes Schreiben beigelegt, in dem steht, dass das Geld aus einem Überfall auf einen Geldtransporter stammt und entweder der Polizei ausgehändigt werden soll oder einer wohltätigen Einrichtung. Ich weiß, ich war damals schrecklich naiv, aber so war das eben damals. Na ja, die Polizei wird den Brief inzwischen gelesen haben, nachdem der Koffer gestern Nacht ausgegraben worden ist.«

»Bis hierhin kaufe ich Ihnen die Geschichte ab«, sagte Justus zögernd. »Und mir war auch ziemlich schnell klar, dass Patricia mehr mit der Sache zu tun hatte, als sie uns gegenüber zugab. Denn als Mrs Candle uns mitteilte, was für ein gutes Verhältnis Sie und Ihre Großmutter immer gehabt hatten, konnte ich einfach nicht glauben, dass Sie Patricia aufgetragen hätten, Ihrer Großmutter diese schreckliche Geschichte über Ihren angeblichen Tod zu erzählen. Das passte einfach ganz und gar nicht.«

»Warum aber hat sie diese Horrorgeschichte aus dem Hut gezaubert?«, fragte Mrs Candle interessiert.

»Sie musste verhindern, dass ich Kontakt zu meiner Großmutter aufnehme. Sie wusste, Großmama, dass ich dir dann alles gebeichtet hätte – und du hättest keine Ruhe gegeben, bis ich das Geld zurückgebe und der Polizei die ganze Wahrheit erzähle. Und dieses Risiko konnte und wollte Patricia auf keinen Fall eingehen.«

»Und umgekehrt hat sie Ihnen ja erzählt, Edward, dass Ihre Großmutter gestorben war.«

»Krank, einfach nur krank!« Mrs Candles Enkel fasste sich verstört an die Stirn. »Dass sie dabei von purer Gier getrieben wurde, habe ich ja gestern Nacht hinter der Kellertür gehört.«

»Aber wie ging es dann im Gefängnis weiter?« Justus wollte auch den Rest der Geschichte hören.

»Zunächst einmal muss ich wohl die Geschichte mit der doppelten Identität aufklären«, entgegnete Edward. »Schon vor vielen Jahren hatte ich von einem Freund aus der Unterwelt einen Führerschein, eine Sozialversicherungskarte und eine Geburtsurkunde erhalten, die mich als Charly Gordon auswiesen. Diese Dokumente waren so meisterhaft gefälscht, dass selbst die Polizei sie für echt halten musste, zumal es diesen Charly Gordon ja wirklich gegeben hat.«

»Wie ist das denn zu verstehen?«, hakte Justus nach.

»Dieser Charly Gordon hatte sich bereits vor Jahren selbst mit einer neuen Identität aus den Vereinigten Staaten abgesetzt, um mit seiner Freundin, die hohe Steuerschulden hatte, unter anderem Namen in Europa ein neues Leben zu beginnen. Auch seine Freundin hatte sich eine neue Identität zugelegt. Und da dieser Charly Gordon polizeilich nie in Erscheinung getreten war, erschien es mir damals als Glücksgriff, seine Identität annehmen zu können – zumindest zeitweise. Eigentlich war es ganz einfach: Ich habe als Charly Gordon eine zweite Wohnung angemietet und dort auch meine gefälschten Papiere deponiert. Genauso habe ich es mit meinen echten Papieren gemacht: Die habe ich in meiner Hauptwohnung hinterlegt, die ich als Edward Candle bewohnte. Kannst du mir folgen, Justus?«

»Schon«, erwiderte der Erste Detektiv fasziniert. »Aber welchen Vorteil zogen Sie aus diesem Doppelspiel?«

»Ich war damals leider so dumm gewesen, mein Gehalt als Verkäufer hin und wieder durch kleine Gaunereien etwas aufzubessern. Wenn man mich je dabei erwischen sollte, so hatte ich mir das gedacht, wäre ich ohne Führerschein unterwegs, könnte mit den Polizisten zu meiner Zweitwohnung fahren und mich dort mithilfe der gefälschten Papiere als Charly Gordon ausgeben. So wollte ich sichergehen, dass meine Großmutter niemals erfahren würde, dass ihr geliebter Enkel ein Ganove war.« Bei diesen Worten blickte er Mrs Candle entschuldigend an, die ihm daraufhin liebevoll die Hand auf die Schulter legte.

»Jedenfalls: Unter dem Namen Charly Gordon war ich der Polizei schon vorher mit kleineren Delikten ins Netz gegangen. Nichts Großes, für eine Anklage hatte es nie gereicht. Aber deswegen hatte die Polizei schon meine Fingerabdrücke. Das hatte ich nach dem Überfall in meiner Panik nicht bedacht, und deswegen war meine Zweitwohnung, in die ich gefahren war, nachdem ich das Geld vergraben hatte, natürlich der grundfalsche Ort, um mich vor der Polizei zu verstecken ..." Er lächelte gequält.

„Na ja, um es kurz zu machen: Im Gefängnis habe ich mich vor einigen Monaten mit einem Typen angefreundet. Sein Name ist Jeremias Howard. Ein Kleinkrimineller, der den Rest seiner Haftstrafe im offenen Vollzug ableisten und in der Öffentlichkeit einer geregelten Arbeit nachgehen durfte. Auf alle Fälle war es so, dass Jeremias bereits vor Weihnachten mit seiner Entlassung rechnen konnte. Und so hatte er sich vorgenommen, ein Reisebüro aufzusuchen, um sich dort schon mal nach ein paar günstigen Flügen zu erkundigen. Denn wenn er aus dem Gefängnis kam, wollte er erst einmal weg von hier, um sich frischen Wind um die Nase wehen zu lassen!«

»Und ich kann mir an allen zehn Fingern abzählen, wem Ihr Zellengenosse im Reisebüro begegnet ist: Ihrer Freundin Patricia!«

»Ganz genau, Justus!« Edward ballte seine Hände zu Fäusten. »Sie hat da händchenhaltend mit einem anderen Mann gesessen und die beiden haben dem Verkäufer erzählt, dass sie zusammen auf die Malediven fliegen wollten. Und was Jeremias noch mitbekommen hat: Patricia wollte anscheinend abhauen, denn die beiden haben nur einen einfachen Flug gebucht, kein Rückflugticket. Die Malediven haben kein Auslieferungsabkommen mit den USA ... Das Ticket war für den Sonntag zwischen Weihnachten und Neujahr.«

»Also für den fünften Advent!«, schaltete sich Mrs Candle ein. »Aber woher wusste dein Zellengenosse überhaupt, dass die Frau in dem Reisebüro deine Freundin Patricia war, Edward? Schließlich hatte Jeremias sie doch vorher nie zu Gesicht bekommen, oder etwa doch?«
»Gut aufgepasst!«, lobte Edward seine Großmutter. »Jeremias hat sie sofort anhand des Fotos an meiner Zellenwand identifiziert. Er war sich absolut sicher! Und ein Dutzendgesicht hat Patricia ja nun wirklich nicht. Aber nun hatte ich endlich Gewissheit! Ich hatte schon seit Längerem den Verdacht, dass sie einen neuen Freund hatte, obwohl wir uns doch geschworen hatten, zusammenzubleiben und die fünf Jahre irgendwie gemeinsam durchzustehen. Schließlich war ich doch auch für sie ins Gefängnis gegangen!
Wir haben uns auf verschlungenen Wegen über Dritte Briefe geschrieben – immer mit der Postzensur im Nacken. Wir hatten unseren ganz eigenen Code entwickelt. Das mit dem neuen Freund hat sie vehement abgestritten. Stattdessen hat sie mich immer wieder bedrängt, ihr zu verraten, wo ich denn die Beute aus dem Überfall versteckt hätte. Aber ich habe nichts gesagt – da bin ich stur geblieben.«
»Was haben Sie denn damals der Polizei erzählt?«, hakte Justus nach. »Denn die hat Sie doch sicher auch gehörig in die Mangel genommen, was die zwei Millionen Dollar betraf.«
»Ich bin bis zum heutigen Tag immer bei der Version geblieben, dass mein Komplize sich das Geld unter den Nagel gerissen hätte. Aber das hat mir vermutlich all die Jahre niemand abgekauft.«
»Und als Sie dann vor vier Wochen zufällig im Fernsehen

sahen, dass Ihre Großmutter noch am Leben war und als ersten Preis die Umgestaltung ihres eigenen Gartens gewonnen hatte, sind Sie vermutlich durchgedreht, und zwar gleich aus zwei Gründen!«

»Besser hätte ich es nicht formulieren können, Justus.« Edward war deutlich anzusehen, wie er mit seiner Beherrschung kämpfte. »Ich glaube, niemand kann sich vorstellen, was ich zu diesem Zeitpunkt empfunden habe: Die Frau, die ich für die Liebe meines Lebens hielt, hatte mir erzählt, dass meine letzte noch lebende Verwandte gestorben war! Doch viel schlimmer für mich war, dass Großmama in dem Beitrag erwähnte, ihr einziger Enkelsohn wäre bereits vor fünf Jahren gestorben! Da habe ich begriffen, dass Patricia mir und meiner Großmutter jeweils vom Tod des anderen erzählt hatte, um an die Beute aus dem Raubüberfall zu gelangen! Endlich habe ich ihr wahres Gesicht erkannt. Ich sah keinen anderen Weg, als aus dem Gefängnis auszubrechen. Nicht nur, weil ich verhindern wollte, dass Patricia sich ins Ausland absetzt –«

»Sondern vor allem, um zu verhindern, dass der Garten von Mrs Candle neu gestaltet wurde, damit niemand auf die Beute aus dem Raubüberfall stieß. Sie wollten Ihre Großmutter nicht in die Sache hineinziehen, stimmt's? Denn wer hätte ihr schon geglaubt, dass sie nicht wusste, was da in ihrem Garten vergraben war?«

»Ganz genau, Justus. Und aus diesem Grund habe ich Jeremias gebeten, die Hinweise im Adventskalender meiner Großmutter zu deponieren. Fragt mich nicht, warum ich ihr nicht einfach einen Brief zugespielt habe …« Er schaute Mrs

Candle nachdenklich an. »Großmama, weißt du noch? Als kleiner Junge habe ich meinen Adventskalender immer geliebt. Wahrscheinlich bin ich deswegen auf diese verrückte Idee gekommen. Aber du hattest ja eine hervorragende Unterstützung: die drei Detektive! Glückwunsch, Jungs! Ich bin euch wirklich zu größtem Dank verpflichtet!«

Justus strahlte wie ein Honigkuchenpferd. »Der Fall hat ja in letzter Sekunde noch ein gutes Ende genommen! Denn dass ausgerechnet Patricia auf den letzten und wirklich alles entscheidenden Hinweis in der Walnuss gestoßen ist, kann man wohl nur als glückliche Fügung bezeichnen!«

»Und damit lasst uns jetzt endlich zum festlichen Teil des Tages übergehen!« Mrs Candle erhob sich von ihrem Platz und blickte selig in die Runde. »Ich möchte euch allen sagen, dass ich heute der glücklichste Mensch auf Erden bin – und wünsche euch allen fröhliche Weihnachten!«